Le Livre
de Poche

Le Livre de Perle

Timothée de Fombelle

GALLIMARD

PREMIÈRE PARTIE

Le passager de l'orage

1
~

Loin de tous les royaumes

Qui pouvait deviner qu'elle avait été une fée ?

Elle s'était échappée par la fenêtre de la tour en déchirant ses vêtements pour en faire une corde. Est-ce que les fées descendent ainsi les remparts ? Elle ne portait maintenant qu'une longue chemise blanche qu'elle avait volée plus tard, sur un fil à linge tendu sous la lune. Elle courait sur le sable dans la nuit. La veille, elle avait renoncé à tous ses pouvoirs. Elle ressemblait maintenant à toutes les filles. Un peu plus perdue, un peu plus fiévreuse, un peu plus belle que toutes les filles de son âge.

La plage était large et blanche. Au-dessus d'elle le noir des forêts, en dessous les rouleaux de mer, la mousse éclatante, et partout le bruit de cette mer, la tiédeur de la nuit plus lumineuse que le jour.

Elle courait sur le sable mouillé. Ses pieds ne s'enfonçaient pas mais élargissaient autour d'elle, à chaque bond, un cercle d'eau et de petits crabes. Elle était au bord de l'épuisement. Elle ne savait pas l'heure qu'il était, elle savait juste qu'à minuit tout serait fini.

Il serait mort.

La veille encore, pour arriver plus vite, elle aurait glissé sur l'écume, sans effort, ou volé au-dessus des forêts.

La veille, elle était une fée.

Mais à cause de cela, la veille, elle n'aurait pu partager le destin de celui qu'elle aimait, vivre ou mourir avec lui. Elle s'était donc dépouillée de toutes les magies. Un renoncement si rare, même dans les contes les plus anciens : l'abdication des fées.

Au loin, la lumière du bateau-feu avait perdu son éclat. Elle rougeoyait au bout d'une jetée de pierres noires qui la reliait à la terre. Dans ce navire tapissé de cuivre, on brûlait des arbres entiers pour attirer les bateaux des autres royaumes et les briser contre les rochers. C'est là qu'il avait été amené pour son supplice.

La distance paraissait infinie, de cette étendue de sable jusqu'à l'œil rouge du bateau-feu.

Elle courait maintenant le long de l'eau, haletante, prise dans un couloir entre l'inclinaison de la plage et le vent chaud venu de la mer. Elle découvrait la souffrance de la chair, les pieds blessés, le souffle court, l'impuissance du corps, la condition humaine qu'elle avait tant désirée. Elle avait mal mais ne regrettait rien.

Elle voulait être comme lui, avec lui.

Était-il déjà minuit ? Comment savoir ? Elle levait les yeux, cherchait à connaître l'heure dans le ciel, ayant déjà vu disparaître en elle la légendaire ponctualité des fées.

Quand elle arriva aux premiers rochers, la lune plongea dans la mer, ne laissant que des traînées phosphorescentes sur sa chemise volée. Là-bas, au bout de la jetée, la lumière du feu lui semblait plus forte. Le bateau n'était plus très loin. Les pierres devenaient rondes et chaudes sous ses pieds. Elle sautait de rocher en rocher, petite voile blanche bondissant sur l'éboulis de cailloux noirs, attirée par l'éclat du bateau-feu. Pour tant de voiliers passés au large avant elle, cette lumière avait été un espoir. Elle aussi espérait y trouver son trésor, son abri, sa vie. Mais comme tous ces navires, elle y trouva le naufrage.

Elle tomba sans un cri sur le corps abandonné. Il ne respirait plus. Ses yeux étaient grands ouverts.

Il avait quinze ou seize ans, comme elle.

Il était posé, seul, sur le pont du bateau.

– Mon amour…

Elle gémissait à chaque expiration, cherchant une lueur dans ses yeux. Elle se laissait peser sur ce corps. Elle serrait entre ses mains le visage du garçon. Son cœur contre le sien, palpitant pour deux, écorché pour deux. Le bateau craquait à chaque vague mais ne bougeait pas.

– Mon amour.

Elle lui disait d'autres mots dans le cou, des reproches, des prières, des regrets éternels. Elle s'accrochait à ses épaules, se frottait à ses cheveux.

Peu à peu sa respiration s'apaisait. Elle parlait moins. Le tapis de braises était à plusieurs mètres mais la chaleur venait à eux, conduite par le plancher recouvert de cuivre.

Elle se tut. On avait dû brûler du bois de cèdre. L'odeur d'encens rampait dans la nuit. Elle devinait que cette paix la conduirait à la mort.

En ouvrant les yeux, dans un dernier sursaut, elle vit une lampe qui se balançait au loin dans les rochers. Quelqu'un venait. Elle s'arracha à sa terrible étreinte et roula dans l'ombre.

Plusieurs minutes passèrent.

Elle pleurait en silence sur ses mains jointes et regardait l'homme qui approchait.

Au bout de la jetée, il y avait une longue passerelle. Le bateau était arrimé à une forêt de chênes rabotés, plantés dans la mer comme des colonnes. Le vieil homme s'engagea sur la passerelle qui serpentait entre les pieux. Il était lent dans chacun de ses mouvements. Il tirait derrière lui un brancard posé sur une luge de paille. Le brancard servait habituellement à évacuer les cendres.

Elle regardait l'homme. Était-ce lui qui avait tué son amour ? Revenait-il pour faire disparaître le corps ?

Il s'avança jusqu'au garçon, marmonnant quelque chose, comme s'il lui parlait. Recroquevillée juste derrière, elle l'entendait dire :

– Je vais te porter. Tu ne vas pas avoir peur.

Il manœuvrait le brancard pour le mettre à côté du corps. Il murmura encore :

– Tu attendras dans la falaise...

Elle s'élança sans un bruit et le renversa sur le pont. Plus vive qu'une étincelle, elle avait attrapé pendant sa chute la petite hache qu'il portait à la ceinture. Quand il s'écrasa dans un râle, elle était déjà au-dessus de lui et tenait l'arme sur son front, prête à le fendre comme une noix.

L'homme regardait la fille avec terreur, ce visage de fauve, cette petite main qui tenait le fil de la hache entre ses yeux.

– Tu l'as tué, dit-elle.

Il contemplait la fille : les cheveux et la chemise tout craquants de sel, le corail rose et blanc de ses joues, de ses épaules. Qui était cette fille légère et redoutable, dont les genoux pointus le clouaient au sol ?

– Non, gémit-il, je ne l'ai pas tué.

– Qui l'a tué ?

Le vent faisait rouler vers eux des lucioles échappées du feu.

– Personne.

La hache se souleva.

– Taåge…

Elle arrêta sa main. Il reprit :

– Taåge avait l'ordre de le conduire ici et de le tuer.

– Où est Taåge ?

– Il a rejoint ses marais.

Elle contempla le corps, de l'autre côté du traîneau de paille. Elle murmura :

– Il l'a tué…

– Non.

Elle leva très haut la hache au-dessus du crâne de l'homme.

– Je vous jure ! cria-t-il. Personne. Personne ne l'a tué.

Elle ferma les yeux pour ne pas voir ce que son propre bras allait faire, mais l'homme parvint à dire juste à temps :

– Taåge a désobéi.

Elle s'arrêta encore.

– Il ne l'a pas tué. Je suis le seul à savoir. Il me tuera, moi, quand j'aurai fait mon travail.

– Quel travail ?

– Je dois cacher le corps dans la falaise.

– Qui l'a tué ? répéta-t-elle. Qui ?

– Taåge ne voulait pas tuer le fils d'un roi.

– Il tue comme il respire. Je le connais.

– Il craint seulement les âmes des rois.

– Qui l'a tué ? soupira-t-elle.

– Je n'ai pas le droit de parler, dit-il en pleurant. Mais je sais que vous me laisserez vivre. Car personne ne pourra vous répondre si je meurs.

Lentement, elle abaissa son arme et se laissa tomber sur le côté.

Il avait raison. Seule sa disparition à elle pourrait éteindre cette question qui la consumait.

Elle ferma les yeux.

Il demanda doucement :

– Qui est-il pour vous, ce jeune prince ?

Elle ne répondit pas. Elle pensa aux matins d'hiver où il partait nager dans la brume du lac. Sa peau fumait quand il sortait de l'eau.

– Il n'est plus dans ce corps, dit le vieux.

Elle rouvrit les yeux. L'homme parlait à côté d'elle. Avait-elle bien entendu ?

– Le garçon a été chassé. Il est vivant.

– Où ?

– Loin, répondit-il. En dehors de tous nos royaumes. Un endroit dont on ne revient pas.

Elle se redressa.

– Qu'est-ce que tu dis ?

– Taåge lui a accordé l'exil pour ne pas devoir l'abattre.

Il articula lentement :

– Un sortilège de bannissement.

– Où ? Où est-il ?

– Il n'est plus dans ce corps.

– Réponds-moi !

Elle planta la hache dans le cuivre à un centimètre du visage de l'homme.

Il gémissait.

– Dans un temps… une terre…

– Où ?

– Partez. Ou nous mourrons tous les deux. Retournez dans la forêt. Taåge va revenir.

– Quel est ce temps ? Quel est ce royaume ?

– C'est un exil sans retour. Taåge a dit qu'il est là où aucun chemin, aucune mer ne pourra le ramener à nous.

Le vent baissait. Les braises ne scintillaient presque plus. Elle sentait le froid descendre sur elle. Un tremblement parcourait ses membres.

Une dernière phrase du vieil homme vint lui tordre le ventre :

– Il vous aurait fallu le pouvoir des fées pour espérer défaire ce sort.

Elle tourna son visage vers le sol pour cacher ses larmes. Ses forces la quittaient peu à peu. Couchée sur le côté, elle gardait serrées contre son cœur ses mains impuissantes.

Ainsi, elle avait tout perdu. La magie et l'amour.

Lentement, elle se releva. Elle se traîna vers le corps de l'exilé, posé à quelques pas d'elle.

Elle se pencha sur lui. S'était-il relevé quelque part, cet être adoré ? Où était-il ? Dans une vallée perdue, un royaume coupé de tous les autres royaumes ? Était-il debout quelque part à respirer la nuit ?

Elle supplia une dernière fois :

– Où l'a-t-il chassé ? Où ?

Avec le dos de la main, elle caressa le front du prince.

La voix du vieil homme répondit derrière elle :

– Il est dans le seul temps, sur la seule terre où on ne croit ni aux contes ni aux fées.

La mer semblait s'être calmée tout autour. On n'entendait plus que l'effervescence de l'écume et, au loin, le galop d'un cheval qui venait sur la plage.

2

Entre mes larmes

Il y avait du sang sur l'écorce de l'arbre. C'était si loin de là, un demi-siècle plus tard. La forêt était dense et profonde tout autour. J'avais quatorze ans, un sac en bandoulière, les cheveux mouillés dans les yeux. Je n'avais rien à faire là.

J'étais parti droit devant, pour fuir un chagrin trop grand pour moi. Je marchais depuis trois heures, au hasard des forêts.

Si je n'avais pas posé mes doigts sur l'arbre, si je n'avais pas regardé mes mains, peut-être que rien ne serait arrivé. Je le sais, aujourd'hui, en écrivant ces mots. J'aurais retrouvé mon chemin, je ne me serais pas perdu. J'aurais rejoint, à quelques kilomètres de là, le fil lumineux de la route. J'aurais échappé à la nuit.

Mais, sur mes paumes ouvertes, en les rapprochant de mes yeux, j'ai vu ce liquide rouge et poisseux comme le jus de la pêche de vigne : du sang qui me paraissait moins glacé que l'air.

Je fis un tour dans les feuilles mortes. Il faisait encore

clair. Le jour fendait le bois de châtaigniers et tombait sur la mousse. Là, à cinq pas de l'arbre, en me courbant, je vis une autre large goutte de sang.

Elle m'indiquait le chemin.

Je sentais qu'il y avait quelque part, entre les arbres, un être blessé qui avait besoin de moi.

– Qui est là ?

J'avais dit ces mots tout bas, la voix brisée, presque pour moi. Je regardais à nouveau mes mains tremblantes. J'étais parti sans manteau, avec ce sac et rien d'autre, inconsolable. J'avais abandonné mon vélo dans l'herbe pour quitter les routes, oublier cette fille, et rejoindre le monde sauvage.

J'ai laissé retomber mes mains. Je faisais semblant d'hésiter mais je me souviens très bien que j'étais aspiré par le mystère vers la profondeur de ces bois.

Alors, comme un loup, je repris la chasse. À chaque fois, il fallait que je me penche pour qu'elles apparaissent sous mes yeux, ces taches rondes qui me montraient le chemin. Et je me remettais en mouvement, poussant les branches, écrasant les rouleaux de ronces.

Parfois, je sentais ma tristesse s'épuiser, comme si le souvenir de la fille peinait à me suivre dans cette jungle, et le bruit doux de sa respiration s'éloignait derrière moi. Je m'arrêtais pour l'attendre, parce qu'il était trop tôt pour abandonner mon chagrin. Comment s'appelait-elle ? Elle ne m'avait pas dit son prénom. Je rejetai la tête en arrière et poussai un grand cri vers le ciel.

Si quelqu'un avait été en danger, il m'aurait répondu. Mais seul le silence m'entourait. J'avais mis ma capuche sur mes cheveux, mon sac toujours sur l'épaule. Quelques gouttes de pluie rebondissaient entre les branches et tombaient autour de moi. Jamais, dans ma vie, il ne m'était arrivé de hurler en un lieu où personne ne pouvait m'entendre. Un plaisir étrange se mêlait à ma peur et à mes larmes. J'appelais de toutes mes forces. La nuit tombait et je m'éloignais de tout.

Soudain, entre deux arbres couchés, je découvris un chevreuil. Il me regardait sans bouger. Je crus avoir trouvé l'animal blessé que je poursuivais mais son pelage était pur comme dans un livre pour enfants. Le bas de ses pattes était presque blanc. Pas une seule trace de sang. Sa surprise paraissait plus grande que la mienne. Un petit paquet de pluie tomba d'un arbre et explosa sur la mousse comme une balle de cristal. Le chevreuil recula d'un pas. On voyait un peu de vapeur sur ses flancs brûlants. Un clignement de mes yeux aurait suffi à l'effacer. Je pensais à la fille que j'avais voulu tenir dans mes bras et qui s'était envolée quelques heures plus tôt.

Je fis enfin un pas vers la bête et, quand elle disparut, le noir complet s'abattit sur les bois.

Le sol devenait cassant sous mes pieds. Je voulus faire encore quelques mètres. Mes mains allaient d'un arbre à l'autre. Je ne pouvais plus voir les traces de sang qui me guidaient. Je ne sentais rien. Le froid me guettait, il attendait que je m'arrête pour me mordre à la gorge. La nuit avait tout fait pour que je tombe avant elle. Mais j'étais encore debout.

Un pas de plus, et une lumière apparut loin devant moi : une tache de lumière qui ondulait. C'était une forme carrée posée par terre dans le noir. Un petit tapis d'or liquide. Il bougeait. Je fermai les yeux. En les rouvrant je vis que le tapis était toujours là. Mais lorsque j'avançai vers lui, mes pieds s'enfoncèrent dans le sol.

Je compris enfin ce qui se passait. Il y avait, juste là, une large rivière. Je l'entendais frémir. Et la tache de lumière aux carreaux d'or était le reflet d'une fenêtre éclairée dans l'eau.

J'ai soulevé mon sac et le trésor qu'il renfermait pour le poser sur mon épaule. Je me suis avancé les mains levées dans le courant.

Il me poussait vers la gauche de toutes ses forces mais je résistais. Soudain la fenêtre s'éteignit. J'essayais de rester debout à reconnaître cette masse noire allongée de l'autre côté. Oui, il devait y avoir une maison dans la nuit, au bord de l'eau…

Je n'avais pas oublié le désespoir qui m'avait jeté dans les bois. Cette tristesse devenait une alliée, elle marchait avec moi dans l'obscurité. Je l'apprivoisais.

L'eau arrivait jusqu'à mon ventre. Elle gloussait maintenant autour de moi. Je savais le danger des rivières inconnues qu'on traverse la nuit. Mes pieds s'enfonçaient dans la vase. Parfois le courant me donnait un coup d'épaule pour me faire tomber. Je tenais toujours le sac à bout de bras.

Je crus que j'étais sauvé. J'avais sûrement dépassé la moitié de la largeur de la rivière. Alors, pris d'un fourmillement dans le haut du dos, je sentis ma tête se mettre à tourner. Un liquide coulait de mon front dans mes yeux. La nuit tournoyait aussi. Que se passait-il ? Je tendais mon corps pour rester debout. Mes forces glissaient le long de ma peau. J'allais me noyer.

La fenêtre de lumière se ralluma un instant sur l'eau. Dans mon vertige, je crus voir une silhouette humaine y passer et regarder vers moi. Je m'étais immobilisé. Malgré l'obscurité, j'étais sûr qu'on m'avait vu. Je me rappelais le sang répandu dans les bois. Je voulus faire demi-tour. Mais il y eut, par trois fois, à dix mètres de moi, le bruit de plongeons dans l'eau. Le froid me parut soudain insupportable. Un instant plus tard, je vis des formes noires traverser le carré lumineux en nageant. Trois bêtes qui luttaient avec le courant. Leurs têtes glissaient à la surface. Je perdis l'équilibre, le sac toucha l'eau. Je parvins à le retenir juste à temps.

Les ombres noires filaient vers moi en fendant les flots.

J'aurais voulu regagner l'autre rive. Mon corps ne répondait plus.

Je pus enfin tourner la tête : les bêtes avaient quitté la lumière. Elles devaient être là, tout près. Je n'arrivais pas à crier. J'imaginais des rats musqués, des ours ou des anacondas. Je sentis d'abord un corps contre ma jambe : l'une des créatures avait plongé sous moi. Les trois bêtes s'étaient jetées vers leur proie en même temps. J'allais perdre pied, on me saisit par les épaules. Les mâchoires glissèrent sur ma chair mais ne mordirent que la toile de ma veste. Je me sentis soulevé et perdis connaissance.

Mes yeux se rouvrirent un instant alors que des mains humaines qui me parurent immenses me hissaient hors de l'eau sur un ponton. Je n'arrivais pas à faire un geste.

Je retombai dans mon évanouissement.

Je me souviens d'un état étrange dans lequel passaient des ombres, des oiseaux de nuit, le rire de la fille qui m'avait fait quitter le monde.

C'était un rêve grouillant dans lequel j'essayais de respirer en restant à la surface. Un long rêve enveloppant.

J'en sortis seulement quand mon corps détecta la douce proximité d'un feu, le contact de draps de lin, l'odeur des pommes de pin brûlées. Le bien-être absolu après le cauchemar.

Le silence sifflait et grésillait par instants. J'étais à l'abri. Il pleuvait dehors. Le poids de plomb des couvertures était délicieux. Cette fois, en levant les paupières, je vis, juste derrière la courbe blanche de l'oreiller, un, deux… trois chiens noirs couchés près d'un foyer. Où était leur maître, le géant qui m'avait sorti de l'eau ? Je portai ma main à mon front et sentis un bandage.

– C'est une branche de ronce qui vous a blessé…

La voix venait de très haut, au bout de mon lit, comme si la tête du géant touchait les poutres. Je ne distinguais pas son corps énorme dans la pénombre.

– J'ai retiré les épines une par une avec mes ongles, dit l'homme.

La tiédeur ne me rassurait plus du tout. Je pensais à des ongles longs comme des faucilles. Comment m'évader ? On m'avait raconté que les captifs regrettent toujours les premières minutes, celles où ils auraient encore pu s'échapper. Je cherchais du regard la porte dans le noir. Il fallait pour l'atteindre que j'enjambe les chiens. L'un d'eux s'était réveillé et se léchait la patte.

— Vous deviez saigner depuis plusieurs heures. Mes chiens vous ont sorti de l'eau à temps.

À cet instant, une pomme de pin s'alluma dans le feu. La tête sur l'oreiller, je vis la pièce s'éclairer. Et l'homme apparut. Il était perché en haut d'une échelle, rangeant des boîtes brunes et rouges. Il n'avait rien d'un géant ou d'un ogre. Il se tourna légèrement vers moi.

Maintenant, je me souviens que son visage me sembla venu d'un autre monde. Mais je fus tout de suite distrait par une pensée qui me fit oublier pour longtemps cette impression. Il répéta :

— Vous aviez beaucoup saigné.

Je venais de comprendre que le sang que j'avais suivi depuis le premier instant, le sang qui m'avait mené à ce feu, à ces chiens et à cet homme, c'était mon sang. Voilà ce que je découvrais. Chaque fois que je m'étais penché, j'avais laissé tomber de mon front, entre mes larmes, une goutte de sang qui traçait un chemin.

La bête blessée que j'avais prise en chasse, c'était moi.

3
Le refuge

J'étais resté quelques minutes les yeux fermés, réfléchissant à ce qui m'arrivait. J'entendais le grincement de l'échelle au bout du lit. On devait me croire endormi. J'attendais le moment idéal. Un plan se dessinait dans mon esprit.

Soudain, sans un bruit, je me dressai comme un mort-vivant. Mes pieds rebondirent sur le sol.

Les chiens engourdis me virent me précipiter vers la porte, tenter de l'ouvrir sans y parvenir, puis traverser à nouveau la pièce avec des cris d'Indien, attraper au passage un tisonnier comme une arme, le lâcher vivement en me brûlant les doigts, tourner sur moi-même, grimper sur une table en position de combat, ouvrir la fenêtre et me jeter dehors.

Les trois chiens n'avaient pas bougé pendant tout ce cirque, et leur maître ne s'arrêta peut-être même pas dans son ouvrage, mais moi je me tordis la cheville, hurlai encore et m'écrasai le nez dans l'herbe.

Bravo.

Certains combats offrent un spectacle pathétique.

J'étais donc là, à me traîner sur mes coudes. J'avais bien parcouru un mètre cinquante en dix minutes depuis ma chute. Il pleuvait de plus en plus fort. J'avais l'air d'une anguille s'enfuyant dans l'herbe mouillée. Je sentais que je n'irais pas beaucoup plus loin. Pourtant, je n'avais ni crocs aux mollets, ni hachoir de boucher planté dans le dos. J'étais parti dans l'indifférence la plus totale.

La même réaction m'attendait quand je parvins à revenir au sec dans la maison. Le calme plat. L'homme était à sa table et prenait des notes dans un registre ouvert. Je réussis à boitiller, tout penaud, jusqu'à mon lit. Les chiens dormaient maintenant en tas sur les pieds de leur maître. Celui-ci demeura silencieux quelques secondes, absorbé par ses travaux. Grelottant, j'avais remis la couverture sur moi.

– C'était quoi ? Une évasion ?

Tête penchée sur son registre. Sourire invisible. Même pas d'ironie dans sa voix. Je me sentis encore plus honteux de ma fuite.

– Qui êtes-vous ? demandai-je.

Il plissa les yeux, comme si la question était vaste et insoluble, comme si j'avais demandé si Dieu existait, ou si l'univers avait une extrémité quelque part, un balcon auquel on pouvait se pencher.

Il me regarda pour la première fois. Il me regarda longuement.

Il y en avait sûrement quatre ou cinq comme moi accrochés au plafond de son garde-manger et il envisageait peut-être mon crâne comme presse-papiers pour son bureau, ou les petits os de mes phalanges pour manger ses escargots au dîner, pourtant je n'arrivais plus à avoir peur. Il avait les cheveux blancs très courts, une veste de menuisier et les mains fines d'une brodeuse. Je lui donnais soixante ans. Il tournait un crayon entre ses doigts. L'homme prenait son temps, concentré. Et en traversant son regard gris, on croyait déboucher sur des paysages de bord de mer sous la pluie.

J'essayais de résister à ce regard. Je me répétais qu'il ne fallait pas que je m'endorme. Il ne fallait pas. Il ne fallait pas.

Mais ce refrain et la fatigue me firent passer de l'autre côté.

La fille profita de mes rêves pour revenir à l'assaut. Elle avait quatorze ans, ou à peine plus que moi. Elle vint marcher dans mon sommeil sur les morceaux de ce qu'elle avait déjà brisé. Je sentais ses pieds nus sur mon corps. J'avais mal mais je ne la chassais pas. Je préférais cela à sa disparition.

Le lendemain, à l'aube, il ne pleuvait plus. La maison paraissait déserte. Un peu de soleil approchait du lit. Je cherchai du regard le sac avec lequel j'étais arrivé. Il n'était plus là. En posant le pied sur le sol, je sentis que je n'étais pas près de m'en aller. La douleur était trop forte pour que j'aligne deux pas.

Assis sur le matelas, je commençai à regarder attentivement autour de moi. J'avais à peine ouvert les yeux jusque-là, concentré sur l'envie de fuir, ne traquant que l'issue et l'ennemi. Mais en m'arrêtant enfin, je découvrais l'endroit extraordinaire où je me trouvais.

C'était une grande pièce carrée, légèrement enfumée, avec deux fenêtres. Des poteaux soutenaient le plafond en chêne. Il y avait peu d'objets : la table que j'avais vue la veille, un long meuble à tiroirs, quelques tabourets. Sur un pan de mur s'entassaient des réserves de bûches, retenues par de grands cercles métalliques. Avec ce bois stocké jusqu'au plafond, l'automne et l'hiver auraient pu se prolonger des siècles. Il y avait aussi un fauteuil crevé, quatre ampoules accrochées aux poutres, un évier, un escalier, des paniers, un vieux vélo appuyé contre une scie circulaire qui trônait en plein milieu comme un meuble de style. Mais ce qui rendait la pièce si étrange se trouvait derrière moi, tout près du lit.

Le mur entier était tapissé d'un amoncellement de bagages. Des centaines de valises, toutes différentes, en carton, en cuir, en bois ou bardées de ferrures, de toutes formes et de toutes tailles, entoilées ou non, brillantes, mates, du rouge laqué au jaune safran, du noir d'ébène à l'écru, brunes, tabac, bleu roi, s'entassaient sur toute la longueur de la pièce.

Cela faisait l'effet d'une salle de tri dans une gare ferroviaire. La fumée qui s'échappait du foyer noyait cette muraille mystérieuse juste derrière moi.

– Vous partez en voyage ?

Je posai cette question à l'homme qui venait d'entrer dans la pièce. Il ne me répondit pas et s'approcha de la table pour y poser un sac.

C'était mon sac.

– Et toi ? Tu venais chercher quoi ? demanda-t-il en me tutoyant pour la première fois.

Je ne savais pas quoi répondre. Je fuyais ma tristesse, mais dans quel but ? À la recherche de quel réconfort ? Il insista :

– Tu étais seul ?

– Oui.

– Quel âge ?

– Quatorze.

– On ne va pas te chercher ?

– Qui ?

Il était dans le rayon de soleil, à contre-jour.

– Tu as une famille ?

J'avais tout ce qu'il fallait de ce côté-là, la collection intégrale dans toutes les tailles, mais personne chez moi n'allait me chercher. On me croyait parti pour la semaine. Ne sachant pas ce que l'homme comptait faire de moi, j'allais éviter de le rassurer.

– Et vous ? Vous avez une famille ?

À nouveau, son visage fut traversé par un trou noir, un gouffre dans lequel les réponses flottaient à des années-lumière. La porte s'ouvrit et laissa entrer l'un des chiens-loups.

L'homme commença à disposer le contenu de mon sac sur la table.

– Qu'est-ce que vous faites ?

Je voulus me lever, mais j'avais oublié ma cheville blessée et j'eus l'impression qu'on me vidait un chargeur de fusil dans le pied droit. Je retombai sur le lit en criant :

– C'est fragile. Ne touchez pas.

Il piochait avec beaucoup de soin et étalait les objets les uns à côté des autres en carré.

Il y avait maintenant sur la table un couteau à cran d'arrêt, un cahier, un appareil photo, six pellicules dans leurs boitiers noir et gris, une petite caméra super-8, et un film tout neuf pour cette caméra.

– Laissez-les-moi...

Il prit d'abord l'appareil dans sa main.

– J'allais jeter tout ça dans la vase, dit-il.

Nouvelle rafale dans ma poitrine. Les seules traces qui me restaient de la fille étaient roulées très serrées dans l'une ou l'autre de ces bobines. Quelques photos qui n'avaient pas encore été développées et qui étaient mon seul trésor.

– Je ne sais pas pourquoi tu es venu avec ces choses-là chez moi.

– J'étais perdu. Je ne venais pas chez vous.

– C'est bien à toi ?

– Oui.

En réalité, l'appareil appartenait à mon père, la caméra à ma mère, et j'avais pris les pellicules vierges dans le tiroir de la commode de notre salon. En réalité, donc, rien de cela ne m'appartenait, à part les souvenirs fixés sur les bobines. Et même ces souvenirs, je n'étais plus sûr que ce soit bien les miens.

L'homme me tournait le dos, maintenant. Il ne pouvait pas voir mon visage. Il semblait réfléchir.

Aujourd'hui, je sais tous les lacets du destin qui se nouèrent et s'emmêlèrent dans ces quelques secondes, juste au-dessus de nous. Je vois clairement ce qu'auraient été son histoire et la mienne si mon sac était allé s'enfoncer dans la vase. Pourquoi a-t-il tiré cet autre fil, le plus mince, le plus fragile, celui qui le mettait en danger, lui qui vivait traqué depuis tant d'années ? Pourquoi a-t-il choisi le chemin le plus incertain ?

Il me rendit mon appareil.

Comment a-t-il pu deviner que ce grand risque, le risque de la confiance, le sauverait des années plus tard ?

Je crois que cette fille cruelle cachée dans les bobines nous a sauvés tous les deux en m'arrachant une larme. À cet instant, il se retourna vers moi et vit les yeux rougis que je tentais de cacher.

Quelques secondes passèrent. Il rassembla les objets et jeta le sac sur le lit, à côté de moi.

— Ne touche à rien de cela tant que tu es dans cette maison. D'accord ?

La porte grinça, les deux autres chiens entrèrent.

— Tu as compris ? dit-il.

— Oui.

4

~

La fille

Le troisième soir, j'ai réussi à marcher jusqu'à la chemi-née. J'en étais presque contrarié. Je me sentais de moins en moins pressé de guérir. La maison m'avait pris dans ses filets de bois sombre et de tuiles. Cette cage me protégeait de ma tristesse.

L'épaule appuyée contre le mur, je regardais sans y croire les quelques pas que j'avais parcourus. À côté de moi, le fauteuil était comme un vieux crapaud qui se réchauffait au coin du feu. Je n'osais pas m'y asseoir. Avec le mouvement des flammes dans ses replis, il paraissait respirer. De l'autre côté de la pièce, le mur de bagages était aussi vivant. Il m'envoûtait depuis le premier instant.

Les pas de l'homme résonnaient sur le parquet, à l'étage. J'avais remarqué qu'il y montait très peu, juste pour quelques mystérieux transferts de valises et de malles et, tard dans la nuit, pour se coucher car j'occupais en bas le lit dans lequel il dormait d'habitude.

Je portais aussi ses vêtements, que j'avais trouvés posés sur mon matelas le premier matin, des vêtements comme je n'en ai pas remis depuis. Un pantalon magnifique plus épais qu'un rideau de théâtre, un gilet en laine noire tricotée, des chaussettes jusqu'aux genoux.

Il me recevait en invité d'honneur. Jamais, depuis le premier jour, il ne m'avait demandé quand je comptais m'en aller.

On devinait le bruit des chiens qui s'ébrouaient dehors dans la nuit en sortant de l'eau. Je me sentais bien, debout dans la pénombre. Les fenêtres étaient tendues de toile sombre dès que la nuit tombait. Aucune lumière ne devait être visible de l'extérieur.

J'essayais de comprendre à quoi ressemblait l'existence de cet homme.

Il vivait caché du monde, occupé à des tâches incompréhensibles, travaillant sur ses cahiers ou plongé dans ses boîtes et ses valises, toujours prêt à partir avec sa montagne de bagages. Comment était-il arrivé là ? Par la fenêtre, je le voyais ramasser les derniers légumes d'automne sur la bande du potager entre l'eau et la maison. Il allait courir les bois quelques heures par jour avec une fronde enroulée à son poignet. Il revenait avec un lapin ou des oiseaux qu'il laissait porter par ses chiens.

Debout, près du feu, je venais de remarquer un petit cadre accroché à l'un des poteaux qui supportaient le plafond. Je m'approchai comme un équilibriste, sur ma cheville blessée, si fragile, redoutant les courants d'air ou les escarbilles qui auraient pu me faire tomber.

C'était une vieille photo en noir et blanc. Elle présentait un bout de trottoir et une vitrine d'autrefois qui remplissaient tout le cadre. La porte était entrouverte. Dehors, il avait neigé. À l'intérieur de la boutique, se tenaient une femme et un homme qui devaient être les commerçants. Sur leur vitrine, neuf lettres brillantes comme celles d'une enseigne de bijouterie, indiquaient :

GUIMAUVES

Et, juste au-dessus :

MAISON PERLE

La petite boutique de la Maison Perle paraissait très simple et très raffinée. Trois caisses étaient posées sur le trottoir, dans la neige, prêtes à être livrées. Dans l'angle de la photo, en bas à droite, quelqu'un avait écrit à la main ces lignes :

Bientôt Noël. Tu vois !
Les affaires sont bonnes.
Le magasin va bien. Prends soin de toi.
Ne t'inquiète pas pour nous.

Je pouvais aussi lire une date écrite par une autre main plus maladroite : *1941*.

Je me souviens que cette image acheva de changer mon regard sur l'homme et sur sa maison. Quelqu'un qui accroche à son mur la photo d'un magasin de confiseries ne peut pas être entièrement mauvais. L'écriture manuscrite me rassurait. C'était une trace du reste du monde, des échanges entre les gens, ces mots que l'on s'écrit pour donner des nouvelles. Le petit cadre de la Maison Perle me fit beaucoup de bien, il mettait un peu de familiarité dans le mystère qui me retenait depuis presque trois jours entre ces murs.

– Tu marches ?

Je n'avais pas entendu grincer l'escalier, mais déjà l'homme se tenait devant le feu. Il me regardait.

Je lui demandai en montrant la photo :

– C'était votre famille ?

– Un peu.

Il devenait presque bavard. Je voulus en profiter.

– Il y a quoi dans ces valises ?

– Viens ici, que je te voie marcher.

Je fis quelques pas vers la cheminée. Il souriait presque.

– Tu vois, elle ne sera pas la dernière à te faire courir les forêts.

– Qui ?

Je le regardais sans comprendre. Amusé, il me poussa dans le vieux fauteuil. J'atterris en douceur.

– Qu'est-ce que vous dites ?

– Rien.

– Sur celle qui m'a fait courir… qu'est-ce que vous venez de dire ?

Il s'accroupit devant le feu, dans la même position que lorsqu'il cuisinait. Il me préparait deux repas par jour qu'il sortait des flammes comme un forgeron. Mais ce soir-là, il ne cuisait pas au bout d'une perche l'un des petits oiseaux que lui rapportaient ses chiens et qu'il fourrait de marrons écrasés, il regardait simplement les braises sans bouger.

– Je vous ai déjà parlé de la fille ? demandai-je.

Il essaya de changer de sujet en disant avec gravité :

– Ne touche à rien ici. D'accord ? N'ouvre pas les valises.

– Est-ce que je vous ai parlé de la fille ?

– Pas besoin.

– Comment vous savez, alors ?

– Je ne sais rien, dit-il. J'ai vu ton état.

Il repoussa un peu le feu avec une branche et ajouta :

– Je connais. J'ai déjà sauté d'un train, ça fait moins mal.

Je ne comprenais pas la moitié de ce qu'il disait mais chaque mot me touchait. Oui, quand j'avais posé mon vélo dans l'herbe pour partir à travers les bois, j'étais dans le même état que si j'étais tombé d'un train.

Je découvrais, cachée derrière le choc du premier amour, une autre balle à fragmentation qu'on appelle chagrin d'amour. C'est un fusil à deux coups qui ne pardonne pas. J'avais vécu cela quelques jours auparavant et la terre en tremblait encore sous mes pieds.

– Je ne sais même pas son prénom, expliquai-je. Elle ne m'a rien laissé. Vous ne pouvez pas comprendre. Personne ne peut.

Il ne bougeait toujours pas. Je venais de lui dire ce que je n'aurais pas raconté à mon meilleur ami ou à mes frères. Mais sans voir son visage, je savais en fait qu'il connaissait tout cela, que cette douleur avait déjà traversé sa vie.

Il regardait ses mains qu'il avait posées à plat juste devant les braises. Ses mains pâles sur lesquelles se projetaient les flammes et tous ses souvenirs.

– Demain, je ne serai pas là, dit-il. Je laisserai les chiens ici et je reviendrai le lendemain. Surveille le feu, s'il te plaît.

Il monta se coucher sans chercher à m'arracher d'autres secrets.

Un jour et une nuit.

Jamais, à quatorze ans, je n'avais eu cette page blanche, cette liberté sans limites, ce temps qui m'appartenait entièrement. Il a suffi qu'on me donne ce temps de solitude, dans un petit royaume au bord de l'eau, pour que l'imaginaire et la vie s'abattent sur moi et ne me lâchent plus.

5
~

Le trésor

Ma première matinée sans lui avait commencé par un nouvel assaut de tristesse alors que je m'en croyais guéri.

Au moment de remettre les vêtements avec lesquels j'étais arrivé, des vêtements propres et secs, lavés par ses soins, j'ai retrouvé une plume bleue dans une poche du pantalon.

J'avais ramassé cette plume dans la barque, le jour de ma première rencontre avec la fille. Elle l'avait gardée trois jours dans ses cheveux. Le dernier soir, avant qu'elle disparaisse, je la lui avais volée dans un pressentiment.

En sentant la plume dans la poche, entre mes doigts, j'ai remonté en accéléré les heures de ma vie, à rebours, depuis cette disparition jusqu'à l'instant où la fille était apparue la première fois sur l'eau près du lavoir, au milieu de ses brassées de roseaux.

J'ai sorti la plume, je l'ai respirée, elle ne sentait plus que le savon frais. Je l'ai posée au milieu de la table et j'ai renversé une coupe en verre pour la retenir comme je le faisais, petit, avec les papillons.

Je me suis assis sur la chaise.

En attendant que mon cœur ralentisse, je regardais la pièce éclairée par le soleil d'automne. Je regardais la muraille de valises toute luisante de ses secrets. Depuis le début, le mystère de ce lieu réveillait en moi une sorte de douleur agréable, d'appel, de désir inconnu qui me détournait de mon malheur.

Il était maintenant midi. J'étais debout, les pieds dans la rivière, avec de l'eau jusqu'aux genoux. Bien concentré, j'essayais d'attraper des écrevisses. Elles faisaient des nuages autour de moi en remuant la vase. Je les attrapais avec les doigts. J'en avais jeté trois sur le ponton avant qu'elles ne me pincent.

Soudain, je relevai la tête.

Quelque chose était passé dans les buissons, de l'autre côté de l'eau. Je pensais à l'homme qui ne devait revenir que le lendemain avec sa barque. Je me retournai vers les chiens couchés dans l'herbe, près de la maison. Ils n'avaient pas bougé.

Je repris ma pêche, jetant parfois des coups d'œil sur l'autre rive. J'avais déjà ramassé des écrevisses avec mes cousins, en bande nombreuse, dans de petites cascades. Je me souvenais du craquement de ces monstres noirs dans les paniers, et surtout de notre joie, nos torses nus, l'eau glacée en plein été. Tout cela était dans la vie d'avant, d'avant la barque, d'avant la fille, d'avant qu'elle disparaisse en me laissant comme un panier crevé. Et je repensais à ce temps sans savoir si je le regrettais.

Cette fois, le bruit venait des aulnes, du côté de la maison, juste au-dessus. Une branche avait dû tomber dans l'eau. Il y avait eu en plus un battement d'air, comme l'envol d'un canard, mais sans canard. Des ronds s'agrandissaient autour des arbres. Un chien s'était levé. Il ne s'intéressait qu'à l'une des écrevisses qui tentait de fuir sur le ponton. Je sortis de l'eau et marchai en boitant dans les roseaux.

J'étais surtout étonné de la tranquillité des chiens. Normalement, il suffisait d'un bâillement de lézard à cent mètres pour qu'ils dressent l'oreille.

En arrivant près des aulnes, je ramassai un bâton pour fouiller les racines qui plongeaient dans l'eau. Je regardai autour de moi, inquiet pour la première fois. Puis je revins vers le ponton. La plupart des écrevisses ne m'avaient pas attendu. Je mis les deux dernières dans une sorte d'écuelle qui devait servir à vider la barque après la pluie.

C'est à ce moment que je crois l'avoir vue.

Un peu d'or s'est répandu autour de moi, et je me suis tourné vers une des fenêtres en devinant que c'était un reflet du soleil sur un carreau. Derrière la fenêtre, je vis passer la silhouette. Mon cœur se gonfla d'un coup.

Malgré l'apparition si brève, j'étais certain d'avoir reconnu la fille.

Je me précipitai vers la maison, pieds nus. Je ne sentais plus ma cheville abîmée. Les chiens suivaient, inquiets de ce qui m'arrivait. Je poussai la porte, entrai dans la pièce qui me parut complètement noire.

Je parlai en plongeant dans l'ombre :

— Qui est là ?

Mes yeux s'habituaient lentement. En me retournant, je découvris les lieux déserts. Personne. Même les chiens ne m'avaient pas suivi.

Je cherchai à distinguer des pas ou des grincements de parquet à l'étage. Rien.

— Je t'ai vue. Tu es là.

Je passai et repassai près des fenêtres, fouillai à nouveau sous l'escalier.

— Dis-moi où tu es.

L'un des chiens se frottait maintenant contre mes jambes mouillées, il cherchait à me calmer avec des ronronnements de chat. Je le repoussai d'un coup de pied.

Je m'arrêtai au milieu de la pièce. J'avais l'air d'un fou. J'étais toujours pieds nus, le pantalon retroussé qui gouttait sur le sol, les lèvres tremblantes.

— Réponds-moi.

J'aurais dû me rappeler qu'il ne fallait pas sortir de ces murs, même pour quelques écrevisses. Je savais bien que mon chagrin m'attendait à la porte, caché dans les roseaux.

J'étais seul au monde mais je me mis à pleurer comme un petit garçon perdu dans la foule. Ma voix faiblissait. J'appuyai mon front à l'un des poteaux de bois.

— Dis-moi au moins comment tu t'appelles…

Il me fallut de longues minutes pour me calmer, pour me faire accepter que la tristesse m'avait égaré et que, si je continuais, j'allais perdre la tête. Je devais partir. Je ne pouvais même plus attendre que l'homme revienne.

En m'aventurant tout droit de l'autre côté de la rivière, en marchant quelques heures à travers bois, je trouverais certainement mon vélo, ou bien, en tout cas, une route, des voitures, des gens, des rêves sérieux, et peut-être d'autres filles, des filles par dizaines, dont l'une, miraculeusement, mettrait dans ses cheveux toutes les plumes que je lui ramasserais.

Je me suis donc assis sur le lit pour remettre mes chaussures. Les chiens se réjouissaient de mon calme retrouvé. Ils gambadaient autour de moi. C'était une bonne humeur un peu forcée, pas très naturelle, celle des chiens qui viennent de voir leur maître pleurer.

J'ai traversé la pièce pour prendre ma veste accrochée par la capuche à un clou. J'ai jeté en passant un dernier coup d'œil à la photo de la Maison Perle. Je suis revenu prendre mon sac. Il ne manquait rien : l'appareil, la caméra et le reste. J'étais prêt.

Mais en tournant le regard vers le mur des valises, j'ai vu quelque chose que je n'avais pas remarqué. Au milieu des bagages entassés, cette masse de cuir, de toile, de poignées et de petites serrures, il y avait une valise grande ouverte, posée sur deux malles. Elle était là, béante comme un coquillage. Comment ne l'avais-je pas remarquée en me réveillant ce matin-là ? Comment s'était-elle ouverte ?

Je m'approchai.

On voyait à l'intérieur, soigneusement rangés, des petits paquets de papier blanc.

Pour la première fois, l'un des chiens gronda. Je fis un pas de plus et m'arrêtai. J'étais parti vers la valise avec l'idée de la refermer mais le grognement du premier chien, la position des deux autres, à l'arrêt, prêts à bondir, éveillèrent ma curiosité.

Doucement, j'ai emmené les chiens vers l'extérieur.

– Là… Là. Gardez la maison.

J'ai fermé la porte. Je les entendais gratter le seuil avec leurs pattes.

J'étais à nouveau seul à l'intérieur.

Un coup d'œil aux fenêtres… Les chiens m'avertiraient du retour de l'homme. Je n'avais rien à craindre.

Les paquets blancs avaient des formes différentes, des tout petits et des plus grands. Un rectangle bien emballé remplissait presque la moitié de la valise. Il devait y en avoir beaucoup d'autres en dessous. Et des milliers si toutes les valises en étaient pleines.

J'essuyais déjà le bout de mes doigts sur ma veste.

Comment résister ?

J'ai ouvert le premier paquet en choisissant le plus petit de tous, comme si ma faute en serait moins grave. Le papier qui enveloppait les objets était toujours le même. C'était un papier de soie blanc imprimé, très délicat. J'avais peur de le froisser et de laisser des traces.

Le premier objet était un dé à coudre dans une boîte rouge. Je le fis tourner entre mes doigts. La petite boîte était dans mon autre main. J'avais joué avec des dés à coudre anciens dans les tiroirs de ma grand-mère, avenue Mozart, à Paris, mais aucun n'était aussi fin et ciselé que celui-là. Je l'approchai de mes yeux. Il était fait dans un métal doré. Une bande gravée descendait en spirale, comme une guirlande irrégulière plus fine qu'un cheveu. Elle dessinait des dizaines de tours autour du dé qui tenait juste sur mon petit doigt.

J'ouvris un deuxième paquet. C'était une bille en verre orange, de la taille d'un gros calot, qui ressemblait à un coucher de soleil dans un ouragan. Au milieu de la bille transparente était pris un pépin de pomme. La bille était retenue dans une monture en argent. Elle devait pouvoir servir de bijou.

Je déballai d'ailleurs un autre pendentif : une petite tête de mort en ivoire avec des yeux creux et sombres dont on ne voyait pas le fond. Puis, dans trois épaisseurs de papier, une minuscule chemise de nuit brodée de perles, blanche et mousseuse comme une fumée.

Mon cœur battait. Les objets étaient posés devant moi sur le papier blanc. Il n'y avait aucun doute. Tout s'expliquait : la maison isolée, les chiens, les tentures noires sur les fenêtres pendant la nuit. J'étais dans la caverne d'un brigand. L'homme écumait les musées ou les châteaux et entassait ici son butin.

Enivré par le danger, je commençai à ouvrir le grand rectangle calé dans la partie droite de la valise. Je venais de remarquer que le papier blanc de tous les paquets était imprimé du nom de la boutique, sur la photo en noir et blanc : *Guimauves, Maison Perle.* Sous cet emballage trompeur se cachait un trésor de cambrioleur, comme une grosse émeraude dans un papier de bonbon.

Le quatrième objet n'avait pas l'air d'une pièce de collection. C'était un morceau d'osier tressé qui avait dû être arraché à un meuble. Cette pièce-là brouillait un peu mon explication. À moins que ce ne soit un bout du coffre à jouets de Cléopâtre ou de Napoléon, je ne voyais pas comment cela pouvait avoir la moindre valeur.

Comment aurais-je pu deviner ce jour-là que c'était peut-être ce que cet homme avait de plus précieux dans son immense trésor ? Ce petit bout d'osier, les restes d'un berceau, se couvrait de bourgeons chaque printemps pour attirer les oiseaux, et il ne le prenait jamais dans ses mains sans pleurer.

Je remis chacun des objets dans son emballage puis dans la valise en la refermant soigneusement. Il fallait m'en aller.

J'ai poussé la porte, mon sac sur l'épaule. Les chiens me léchèrent les mains et me regardèrent partir, insensibles, comme s'ils n'y croyaient pas.

Et ils avaient raison.

En mettant le pied dans la rivière, j'entendis le même bruissement qu'un peu plus tôt, au ras de l'eau. Le battement d'un cœur, d'une aile, ou le claquement d'une jupe mouillée. Fermant les yeux, je résistai à la spirale qui se creusait à nouveau en moi. Mais je ne pus m'empêcher de repenser à la plume bleue de la fille. Je l'avais laissée sous son globe de verre dans la maison.

Je revins sur mes pas, entrai dans la maison. J'étais heureux de cette occasion de revenir. La maison me reçut avec ses vapeurs de pomme de pin, la lumière de cuivre sur les valises. Tout un cinéma pour me retenir.

Je fis quelques pas vers la table, soulevai la coupe en verre.

La plume avait disparu.

6

~

Les petits fantômes

Le lendemain, il me trouva endormi à dix heures du matin tout habillé sur le lit. Je n'osais pas bouger.

J'avais dû tomber, épuisé, au lever du jour.

La tête dans l'oreiller, j'écoutais le bruit de ses pas sur la terre battue. J'avais peur. Pouvait-il savoir ce que j'avais fait toute la nuit ? Il était en train de rallumer le feu. Quand la bouilloire s'est mise à siffler, j'ai tourné très doucement la tête. Il ne me regardait pas. Il était arrivé avec une nouvelle valise qu'il avait posée près de la porte.

Dans mes plans, j'aurais dû m'échapper avant son retour mais le sommeil m'avait piégé sans que j'aie pu finir mon travail. Je parcourus la pièce du regard. Les autres valises étaient bien à leur place et, par magie, l'appareil photo semblait rangé dans son sac au pied du lit.

Impossible de me rappeler comment la nuit s'était terminée.

La veille, la disparition de la plume avait tout déclenché.

J'étais d'abord resté prostré sur le lit pendant une heure à réfléchir.

Puis, j'avais sorti l'appareil comme une arme de poing.

Je savais trop ce qui allait se passer. Si les plumes bleues et les filles pouvaient disparaître sans laisser de trace, le reste s'évaporerait aussi, dès que je franchirais la rivière. La maison, l'homme, les valises et leur contenu, les poiriers appuyés sur le mur, les écrevisses, les chiens noirs. Tout risquait de s'envoler. J'étais entouré de petits fantômes qui faisaient crisser leurs pinces ou froisser leurs jupes au bord de l'eau pour m'énerver.

J'ai donc bravé tous les interdits, et passé l'après-midi et la nuit entière à photographier la maison et ses trésors.

Depuis un an, une arme impitoyable m'apprenait à chasser les fantômes et à les épingler sur les murs. J'avais découvert le bonheur du laboratoire photo de mon père, un placard éclairé à la lumière rouge où des bains transparents faisaient apparaître toute la lumière du monde sur les papiers qu'on y trempait. Je m'y enfermais des heures.

C'est cette brusque passion qui m'avait conduit dans cette campagne profonde. Mes parents m'autorisèrent à m'inscrire à un stage pendant les vacances de la Toussaint.

L'annonce arrachée dans une boulangerie disait :

Entrez dans la photo.
Une semaine en automne
pour découvrir la photographie.

Je me souviens parfaitement qu'il y avait en dessous le dessin d'une poule perchée sur un appareil photo.

Chaque soir, dans mon lit, je retournais entre mes mains ce bout de papier de la taille d'un ticket de métro. J'avais l'impression que la poule me défiait.

Le premier jour des vacances, on m'accompagna à la gare Montparnasse avec toutes sortes de recommandations et un sandwich au jambon. Je pris trois trains différents, de plus en plus lents et bruyants, et arrivai dans ce qui était sûrement la plus petite gare d'Europe occidentale.

Je descendis en même temps que deux sacs postaux qu'on jetait sur le quai. Un homme m'accueillit, sa casquette sous le bras. Il ressemblait au chef de gare, mais c'était l'employé de la poste.

Alors que je cherchais quelqu'un d'autre sur le quai désert, il m'appela par mon prénom.

– Oui, c'est moi.

– Je vous attendais.

Je fis entrer mon vélo dans sa voiture jaune, pris place à l'avant. Le postier, sur la route, m'expliqua qu'il se chargeait du transport car Rachel n'avait pas de voiture.

– C'est gentil, dis-je pour dire quelque chose.

Mais je ne savais pas du tout qui était Rachel.

La voiture roulait au milieu de marais couverts de lentilles vertes. De petits ponts enjambaient des canaux. Il faisait gris.

– En échange, dit-il, elle me donne des œufs.

La route venait d'entrer dans la rousseur d'une forêt.

– Des œufs ? demandai-je.

Il ne répondit pas. Je pensais à la poule de l'annonce.

Il m'arrêta devant une ferme.

– Voilà. C'est ici.

J'étais encore tout embrouillé dans ses histoires d'œufs.

– À dimanche, dit-il.

Il attendait que je sorte de la voiture.

– À dimanche.

J'ai retiré mon vélo enfoui sous les sacs postaux.

La ferme ressemblait à un grand poulailler à l'orée de la forêt. Je suis entré dans la cour en poussant mon vélo, slalomant entre des colonnes de poussins qui montaient la garde. La maîtresse des lieux s'appelait en effet Rachel. Elle semblait surprise de me voir arriver.

J'ai vite compris que j'étais le seul inscrit au stage et que si par hasard Rachel avait déjà fait de la photo, c'était dans une vie très lointaine. Il n'y avait pas l'ombre d'un appareil ou d'un labo photo dans cette maison.

Elle m'a servi une omelette. Puis elle m'a montré des lits superposés dans un petit bâtiment en bois gris.

– À demain.

Au milieu de la nuit, j'ai allumé ma lampe de poche pour relire la petite annonce.

Entrez dans la photo.

De l'autre côté de la cour, Rachel écoutait de la musique. Je me suis rendormi.

– Les trois premiers jours, tu vas chercher ton sujet.

– Mon sujet ?

Il faisait gris dehors et presque nuit. Rachel me servait

un bol de lait en baissant la tête pour bien viser. Elle avait des verres de lunettes épais comme des glaçons.

– Tu te promènes. Tu regardes. Tu cherches ton sujet. Compris ?

– Compris.

Et pendant trois jours, j'ai suivi son conseil. Je partais le matin avec mon vélo et mes œufs durs. Je revenais le soir et dînais avec elle en mangeant une dernière omelette dans le clignotement du néon.

Cela n'a pas duré plus longtemps à cause de cette fille qui est apparue un matin sur une barque.

J'avais trouvé mon sujet. Mon sujet poussait sa barque avec une perche de trois mètres. Mon sujet se déplaçait dans sa barque sur la pointe de ses pieds nus et coupait les branches des saules pour en faire des fagots.

Le troisième après-midi, mon sujet s'est envolé. La fille avait disparu. J'ai trouvé une cabine téléphonique au bord d'une route. J'ai appelé Rachel d'une voix blanche pour dire que je devais rentrer chez moi à cause de ma grand-mère malade. Elle semblait assez soulagée de ces mauvaises nouvelles.

– Et pour aller à la gare ? Tu veux que j'appelle le postier ?

Je retenais mes sanglots, en me bâillonnant de ma main droite.

– J'ai mon vélo.

– Comment ?

– J'ai mon vélo.

En fait, mon vélo était déjà couché dans l'herbe du fossé. Elle a raccroché. Je suis rentré dans la forêt, poursuivi par mon chagrin.

Maintenant, j'étais sur ce lit à essayer de me faire oublier.

– J'ai vu les écrevisses dehors, dit soudain l'homme.

Il avait surtout remarqué mes yeux ouverts dans la pénombre. Se pouvait-il qu'il n'ait rien découvert de mon crime ? Il parlait comme s'il n'était jamais parti.

– Oui, je les ai attrapées hier, répondis-je en m'étirant. Vous étiez parti où ?

– Je ne voyage plus très loin.

Il m'apporta une tasse d'eau chaude qui sentait la vanille. Je me suis redressé sur mes oreillers. J'ai tendu la main, mais je l'ai vite refermée sur la tasse.

– C'est chaud, dit-il.

– Ça va.

J'étais en train de me brûler les doigts pour qu'il ne se rende compte de rien. J'avais oublié que ma paume était couverte des listes recopiées pendant la nuit.

Au fond de chaque paquet, dans les valises, une inscription indiquait un numéro à trois ou quatre chiffres qui devait identifier les objets dans ses registres. J'en avais relevé quelques-uns au hasard pour comprendre ce que signifiait cette collection.

Il s'éloigna de moi.

Là-bas, de l'autre côté de la pièce, les grands cahiers s'entassaient contre la fenêtre. C'était encore ce qui manquait à mon enquête.

Tout ce que j'avais vu dans les valises m'avait fait balancer la nuit entière entre éblouissement et confusion. Je ne savais plus si cet homme était un bandit de grand chemin ou bien un chiffonnier, un fou, un poète. La clef du mystère reposait sûrement dans ces cahiers. Je n'avais pas eu le temps de les ouvrir.

– Je voulais te dire, murmura-t-il… J'ai pensé à des choses dans mon train.

Il avait donc pris le train.

En découvrant sa nouvelle valise, je m'étais dit que je n'aurais qu'à chercher dans les journaux les vols commis dans la région les jours précédents. Mais en vingt-quatre heures de train aller-retour, on pouvait même traverser des frontières. Il avait pu dérober les diamants de la Couronne à Londres, Bruxelles ou Madrid. Pourquoi chercher ? Il aurait aussi été capable de rapporter un pauvre clou rouillé dans un sachet de velours.

– J'ai pensé à une chose…

Les chiens assoupis relevaient les paupières à chaque son qui sortait de la bouche de leur maître. Ils devaient rarement entendre sa voix.

– Une chose dont il faut que je te parle…

– Oui.

– Tu vas partir, maintenant.

– Pourquoi ?

– Je t'ai dit que je connais tout ça. Ce que tu vis. La fille. Je te l'ai dit, non ?

– Oui.

– Alors il faut que tu partes pour la laisser derrière toi.

– Laisser qui ?

Je venais enfin de remarquer son accent et la forme si particulière de ses phrases. Il a voulu dire un mot qui est resté dans sa gorge.

Il l'articula une seconde fois :

— La tristesse.

J'avais compris le mot avant qu'il le répète.

— C'est quelque chose qui peut remplir la vie. Et tourner dans toi jusqu'à ta mort.

J'écoutais.

— Mais si on peut laisser la tristesse dans l'herbe derrière soi, il faut le faire. On la tient couchée dans l'herbe. On lui explique doucement qu'on veut autre chose, que ce n'est pas contre elle, mais qu'on s'en va.

J'imaginais un petit animal tapi dans la prairie. Et des pas qui s'éloignaient en écrasant les herbes.

— Et vous ? Vous en faites quoi ?

Il s'est approché en souriant. Il baissait les yeux.

— De qui ?

— De la tristesse.

— Moi, je ne suis pas un exemple.

— Moi non plus, répliquai-je.

— Mais toi…

Il interrompit sa phrase et dit :

— Moi, il n'y a que ma tristesse qui pourra me faire rentrer chez moi.

— Chez vous ?

Il a alors prononcé ces paroles que je crois encore entendre vingt-six ans plus tard :

— Il faut que je garde ma tristesse vivante.

Les chiens se sont approchés pour lui faire leur fête des moments sombres.

— Où est-ce, chez vous ?

– Prépare-toi. Je t'attends sur le ponton.

Il est sorti avec sa petite meute.

Je suis allé à la fenêtre. Je l'ai vu qui s'approchait de la barque et j'ai attrapé un des grands registres au hasard.

Je l'ai ouvert à la première page.

Quatre mots étaient écrits à la peinture noire :

JOSHUA PERLE, SEPTIÈME CAHIER

Et en dessous :

DE 345 À 487

J'ai rapidement regardé les numéros sur ma main. Un seul correspondait à ce registre.

Je me suis penché sur le carreau de la fenêtre pour surveiller. Perle était toujours là, accroupi sur le ponton. J'ai couru chercher mon sac au pied du lit, sorti l'appareil. Sans perdre un instant, j'ai photographié la première page en espérant que la lumière du matin suffirait. Mais j'étais au bout de la pellicule. Je l'ai rembobinée avec la petite manivelle sous le boîtier.

Dehors, Perle regardait l'un de ses chiens qui nageait.

J'ai sorti la pellicule vierge du sac, jeté l'autre à sa place.

En quelques secondes l'appareil était prêt.

Je tournais frénétiquement les pages du cahier en glissant avec le doigt sur les numéros, dans la marge de gauche.

410, 430, 460...

461.

J'ai levé la tête. Le chien remontait sur la rive avec une

poule d'eau vivante dans la gueule. Plus personne sur le ponton. Mon Dieu.

J'ai posé le registre ouvert sans prendre le temps de lire, fait un pas en arrière avec le viseur contre mon œil. Le cadre blanc était flou. Quand tout est devenu parfaitement net, j'ai appuyé sur le déclencheur.

Une main s'était posée sur mon bras.

De ce qui suivit, je ne me souviens de rien.

Seulement du réveil le long d'une route, à la tombée de la nuit, et de mon vélo dans les hautes herbes, à côté de moi.

7

Le naufragé

Il est très difficile d'emballer des guimauves.

C'est une matière élastique, fuyante, malgré le sucre glace qui devrait l'empêcher de coller, et Jacques Perle avait souvent l'impression de passer ses journées à mettre des nouilles cuites dans du papier de soie.

La cliente le regardait faire, les yeux écarquillés. Elle portait un petit chapeau agrémenté d'un nœud sur le côté, un manteau avec un nœud dans le dos, et de gros nœuds sur les souliers. Un foulard de soie était aussi attaché à son sac à main.

Autant dire qu'elle s'y connaissait en emballage.

C'était en 1936. Il pleuvait sans cesse depuis deux jours et il y avait eu la nuit d'avant sur Paris le plus gros orage en vingt ans, pire que les bombardements de la Grande Guerre.

Perle avait glissé une plaque de carton ondulé sur le papier puis empilé une livre de guimauve dont les bouts carrés étaient magnifiquement rangés en damier sur le côté. Il jeta juste un coup d'œil dans la rue, à travers la vitrine.

Le garçon était toujours là, debout sur le pavé, sous la pluie.

Perle commença son pliage.

— Les noires, c'est à quoi?

— C'est à la mûre, madame.

— Alors vous me changerez une blanche contre une noire.

Perle acquiesça avec un sourire. Chez lui, les clients étaient rois. C'était la raison d'être de la couronne sertie de perles qui servait d'enseigne à la maison familiale depuis un demi-siècle.

Il rouvrit la feuille de soie imprimée et remplaça une guimauve aux amandes contre une autre à la mûre.

— Est-ce que d'autres parfums vous font envie?

Perle connaissait bien l'indécision de ses clients et préférait l'anticiper.

— Non. Dépêchez-vous. J'ai mon mari qui m'attend dans son automobile.

Il changea la feuille de papier sous le carton pour qu'elle soit parfaitement repassée. Il jeta un nouveau coup d'œil sur le trottoir d'en face et reprit son pliage sur les guimauves.

— Et les roses? demanda la dame.

— Je vous les ai présentées tout à l'heure. Les roses sont à la rose.

— Oui, c'est logique, dit la dame comme si on la prenait pour une idiote. Alors vous me donnerez la moitié d'une rose.

— Je suis désolé, madame. Je ne coupe pas les guimauves.

— Pourquoi?

— La maison n'a jamais coupé les guimauves.

La dame semblait très affectée par cette nouvelle.

— Seigneur…

Perle s'était arrêté dans son travail.

— Depuis quand vous ne les coupez pas ?

— Cela fait exactement quarante-huit ans que nous ne coupons pas les guimauves. Ou quarante-neuf. Ma mère a créé la maison à la mort de mon père, Abel Perle, en 1888. Et nous sommes en 1936.

— C'est bien français, ce nom ?

— Pardon ?

— Mettez-moi une guimauve entière à la rose, puisque vous ne voulez pas faire d'effort…

— Avec plaisir.

Il changea une nouvelle fois le papier de soie, prit avec la pince en argent une guimauve à la rose dont le parfum à peine remué fit s'envoler des pétales à travers la boutique.

— Écoutez, non, gémit-elle finalement. Ne mettez pas cette guimauve. Mon mari m'attend. C'est trop long. Je vais grossir.

Le mari, la lenteur, les rondeurs… Perle écouta toutes ces raisons avec un soupçon de lassitude. Il posa la guimauve et la pince et reprit son pliage.

— Vous n'avez pas grand monde, mon pauvre.

Elle regardait la boutique déserte.

Cette fois, il fut traversé par l'idée de se servir des bourrelets de cette dame pour la gélatine de ses prochaines guimauves.

— Le magasin est normalement fermé depuis vingt-cinq minutes, dit-il sans élever la voix. Il est sept heures du soir.

J'ai vendu vingt-sept kilos de guimauve depuis ce matin malgré l'orage du siècle. Il y avait la queue sous la pluie jusque devant l'hôtel d'à côté. Non, les affaires ne sont pas mauvaises, madame.

— Vous vous énervez ?

Mais Perle n'avait même pas entendu la question. Il regardait à nouveau le garçon dégoulinant. Il était sous la cascade d'une gouttière, les pieds dans le torrent de la rue.

— Si vous vous énervez, dit-elle, j'appelle mon mari qui attend dans l'auto au coin du square.

— Je ne vais pas le laisser crever.

— Mon mari ?

— Il faut que je le sorte de là.

— Vous… parlez de mon mari ?

Perle abandonna le paquet et la dame, contourna le comptoir et se dirigea vers la porte. Il attrapa un parapluie. Elle brandissait le sien.

— Laissez-le tranquille !

Perle était déjà dehors. Il ouvrit le parapluie et traversa la rue.

Le garçon avait peut-être quinze ou seize ans, il se tenait tout droit dans ses vêtements lessivés. Il tremblait de tout son corps et regardait fixement l'enseigne de la boutique.

— Qu'est-ce que tu fais là, bonhomme ?

Il ne répondit pas, n'avait même pas l'air de comprendre, mais ses yeux s'attachèrent à Jacques Perle pour savoir ce qu'il pouvait craindre de lui.

— Viens avec moi.

Perle l'abrita et le prit par le bras.

Ils croisèrent la dame qui courait sous la pluie sans ses guimauves.

– Tous les mêmes…, dit-elle en regardant Perle.

Le vent retourna son parapluie rose d'un coup, comme une torche. Elle poussa un cri, fit de grands gestes vers une voiture qui s'avançait. Perle l'abandonna au milieu de la chaussée, entourée d'eau, suffocante comme une noyée.

Le garçon était maintenant assis sur une chaise dans le magasin. Il avait une serviette de bain autour des épaules. Jacques Perle avait baissé le rideau de fer. Il couvrait les rayons de guimauves d'une gaze blanche, comme s'il bordait ses enfants avant la nuit.

– Ça ne m'arrange pas, cette histoire.

Il parlait de son embarras mais on sentait une grande excitation.

– Ma femme est montée depuis une heure. Elle m'attend. Qu'est-ce qu'elle va dire si j'arrive avec toi ? D'où es-tu tombé ?

Là aussi, il ne paraissait pas très inquiet de la réaction de sa femme. Il commençait à éteindre les lumières.

– Essaie de me dire quelque chose, bonhomme. Ton nom ou quelque chose. Qu'est-ce que tu faisais là dans l'orage ?

Le garçon ne disait rien. Il ne tremblait plus. Il fixait de l'œil le filament d'une ampoule au-dessus de lui puis regardait Perle et ses petits gestes précis. Fermer le clapet du poêle, ranger les ciseaux dans un tiroir, passer un chiffon sur une trace de sucre, tourner la clef de la caisse. Chaque mouvement était une perfection. Il regardait aussi le symbole de la Maison Perle en transparence sur la vitrine.

Perle s'arrêta soudain.

– Espagnol ?

Depuis quelques mois, de jeunes réfugiés commençaient à traverser les Pyrénées, à cause de la guerre civile. Ils étaient surveillés de près par les autorités françaises. Mais ce garçon ne semblait même pas connaître l'existence de l'Espagne.

Sans le quitter des yeux, Perle retira son tablier. Il le suspendit derrière le comptoir.

– J'espère que ma femme ne va pas trop se fâcher.

Cette fois, il y avait presque un sourire sur son visage.

Mais Mme Perle les accueillit avec de grands cris. Comment avait-il pu laisser ce garçon si longtemps dans cette chemise trempée ? Elle le déboutonna comme s'il avait cinq ans et courut chercher des vêtements secs. Il y avait dans une petite chambre au fond du couloir une armoire pleine des affaires de leur fils.

Jacques Perle habilla le jeune homme dans la salle de bains. Malgré une collection de peignes posés sous le miroir, il ne parvint pas à dompter ses cheveux fous.

Perle l'emmena dans la cuisine, beau et pâle comme un jeune marié. Un troisième couvert était déjà posé sur la table et Mme Perle était en train d'allonger la soupe avec un grand bol de bouillon. Les pommes de terre sifflotaient dans le beurre, juste à côté. Mme Perle occupait la moitié de la pièce à elle seule, mais son corps y évoluait avec une telle aisance qu'on avait l'impression que le bois verni de la table se soulevait pour la laisser passer et que les bouteilles ou le moulin à poivre s'écartaient autour de sa blouse.

Debout devant la fenêtre, le garçon vacillait aussi, assommé par tant de douceur, de chaleur, et par l'odeur de la cire du parquet.

Le soir, ils l'installèrent dans la chambre du fils.

Les Perle ne cherchèrent pas à trouver le sommeil. Ils attendaient tous les deux, dans leurs draps, couchés sur le dos en se tenant la main. Ils écoutaient le garçon se retourner dans son lit au bout du couloir.

Ils avaient laissé toutes les portes ouvertes pour entendre cette autre présence dans l'appartement.

– On verra demain ce qu'il faudra faire, dit Jacques Perle.

– Demain, oui.

Mais ils n'étaient pas pressés de voir venir le lendemain.

Le petit avait exactement l'âge de Joshua, leur fils unique, quand il était mort deux ans plus tôt.

– Il n'a pourtant pas les mains d'un vagabond, dit Mme Perle en experte.

– Oui.

– Écoute.

On entendait le parquet grincer.

Jacques Perle se leva, il sentit un courant d'air frais en arrivant dans le couloir. Le garçon avait ouvert la fenêtre et regardait tomber la pluie. Il tendait la main vers l'extérieur puis buvait l'eau du ciel entre ses doigts. Il avait emmené la couverture rouge qu'il tenait autour de son cou et qui faisait derrière lui une traîne de petit roi.

Sans faire de bruit, Perle alla chercher une carafe et un verre qu'il posa à côté du lit. Le garçon se retourna.

Le lendemain, Jacques Perle l'installa sur un tabouret, derrière le comptoir. Il laissa sa femme tenir la boutique, prit la rue du Temple qui serpentait jusqu'à la Seine, traversa l'île de la Cité, remonta le boulevard Saint-Michel et se rendit à la maison des sourds-muets. Il avait eu l'idée en regardant attentivement le garçon au petit déjeuner. Peut-être s'était-il échappé d'une institution de ce genre.

Perle franchit le portail et demanda au concierge si on lui avait signalé une fugue.

– Pourquoi ? Vous avez trouvé quelqu'un ?

– Non. Sûrement pas. Mais avec ce temps, on se dit qu'il ne doit pas faire bon rester dehors. Il ne vous manque personne ?

– Quel âge ?

– Quinze ou seize ans ? Je… Je dis un chiffre au hasard. Je fais une hypothèse.

– Une quoi ?

– Une hypothèse.

Le gardien recula comme si c'était une maladie contagieuse. Du genre thrombose ou pneumonie. Perle précisa :

– Si par malheur un garçon de quinze ans se trouvait dans la rue par ce temps…

Le concierge se lissait la moustache avec le doigt.

– Non. Chez nous, tout le monde est là. Et en bonne santé.

– Tant mieux. Merci, monsieur.

Soulagé, Perle se dirigeait déjà vers la grande porte. Les pas de l'homme le suivirent dans le hall.

– Monsieur !

Il se retourna.

— Si vous avez trouvé un garçon de quinze ans, vous feriez bien de l'amener à la police.

— Je n'ai trouvé personne. Je vous remercie.

Il sortit précipitamment dans la rue, tout près du jardin du Luxembourg. Le soleil se levait enfin.

En rentrant dans sa boutique, Perle vit que les clients ne faisaient pas attention au garçon qui, dans un coin, collait des étiquettes sur des sachets de papier. Il s'appliquait beaucoup. Mme Perle lui jetait de petits coups d'œil protecteurs, et quand elle remarqua son mari, elle l'interrogea d'un mouvement du menton. Perle secoua doucement la tête pour dire qu'il n'y avait rien de nouveau. Leurs yeux partagèrent une lueur joyeuse.

Perle décida après cette unique démarche, qu'il avait fait tout ce qu'il pouvait pour percer le mystère. Franchement, que pouvait-il imaginer de plus ? La police, il ne voulait même pas en entendre parler. Et si quelqu'un avait égaré ce petit, il n'avait qu'à venir le réclamer.

Voilà comment un inconnu tombé du ciel, beau passager de l'orage, entra dans la maison Perle, sans que personne s'en rende vraiment compte. On l'appelait « bonhomme », « petit » ou « l'Espagnol ». Il se révéla vite indispensable. Il travaillait dur, faisait dans la boutique la tâche de trois commis, et lorsque peu à peu, au bout de deux ans de cours du soir dans la salle à manger de Mme Perle, il apprit à parler le français, on découvrit aussi, derrière sa mélancolie, qu'il était intelligent, vif, charmant, avec sa pointe d'accent de nulle part et ses yeux gris.

8
~

La lucarne

Il y eut des filles amoureuses de lui. L'une qui s'appelait Rosa vint tous les soirs pendant l'été 1938. Il se promenait une heure avec elle après la fermeture et il la raccompagnait dans le passage du Prado où son père tenait un salon de coiffure. Quand il rentrait à la maison, il voyait la boutique de guimauves éteinte et Mme Perle au premier étage qui l'épiait. Il montait l'escalier. Elle avait laissé la porte ouverte.

Elle l'appelait de la cuisine :

– Alors, mon petit ?

Il venait s'asseoir à côté d'elle pendant qu'elle épluchait ses pommes de terre ou son poisson. Elle refusait son aide mais le regardait avec un œil plein de sous-entendus. Il gardait ses deux mains sagement sous la table.

– Tu as fait un tour ?

Il acquiesçait de la tête.

– C'est bien, disait-elle. Et tu ne voudrais pas l'amener au cinéma ?

— Non.

Mme Perle savait bien que les salles de cinéma faisaient généralement avancer les histoires.

— Vous parlez ensemble ?

— Un peu.

— Elle est très jolie.

Il acquiesçait encore.

— Il y a aussi la fille du café qui est passée au magasin. Comment s'appelle-t-elle ?

— Adrienne.

— Écoute-moi ça. Âââdrienne…

Elle se mit à rire.

— Je comprends qu'elles tombent toutes. Qu'est-ce que c'est que cet accent ? Un jour tu me diras, mon sauvage ?

Parfois, par accident, Mme Perle l'avait entendu parler dans sa langue. Elle en avait eu des frissons toute la nuit.

Car il y avait aussi des jours de fièvre. Des jours où le petit était méconnaissable. Il retournait entièrement sa chambre, hurlait à la fenêtre, bousculait Jacques Perle qui tentait de s'interposer dans l'escalier, puis disparaissait trois ou quatre jours. Mme Perle appelait cela « ses colères ».

Elles étaient violentes, ses colères. Elles faisaient trembler les murs jusqu'aux caves.

Il paraissait possédé, menaçait le ciel, enfonçait ses ongles dans le duvet des oreillers. Il parlait de sortir de là, de quitter ce monde. Sous une tempête de plumes, il disait dans sa langue des phrases qui ressemblaient à des soupirs d'agonie, ou à des appels de loup pris au piège. Il ouvrait les armoires et en crevait le fond avec le pied d'une chaise, comme s'il voulait les traverser. Il parlait de chemins perdus, de passages. Quand ses cris s'étaient évanouis dans la rue, Mme Perle restait à balayer les morceaux d'assiettes sur le sol de la cuisine. Elle déposait des montagnes de confiseries aux voisins pour se faire pardonner et allait ouvrir le magasin.

Quelques jours plus tard, on retrouvait le petit, à l'aube, dans l'arrière-boutique, moulant des bâtons de guimauve dans une odeur de violette.

– Ça va, bonhomme ?

Il levait la tête pour dire bonjour, et son regard semblait avoir retrouvé pour quelques semaines une petite provision de paix. Personne ne savait où il allait pendant ces fugues. Mais la douceur de sa présence, ses mains appliquées, son regard sans fond, faisaient oublier ces colères.

Chaque année, la veille de Noël, la Maison Perle s'ouvrait aux enfants. Ils arrivaient au galop en hordes barbares dans la rue, revenant de l'école avec leurs cartables. Ils s'arrêtaient essoufflés à la porte, restaient un peu sur le trottoir, prenaient le temps de recoller leurs cheveux en se regardant dans la vitrine, puis ils entraient un par un, sans se bousculer, visages d'angelots enrhumés dans leurs écharpes. Les filles trop grandes donnaient la main aux petites pour faire oublier leur âge. Les enfants sages tâchaient de l'être encore plus, avec des « Bonjour, madame » et des « Bon Noël, monsieur ». Même les voyous, la casquette roulée dans la main, étaient hypnotisés par l'ordre, la lumière dorée, les cuivres, l'impression de marcher dans un nuage de sucre glace. Ils tiraient leur pantalon court pour cacher leurs genoux salis par les parties de billes.

Ils recevaient chacun une guimauve emballée dans un papier blanc imprimé de rouge pour l'occasion.

Le 24 décembre, les enfants avaient le droit de passer devant les clients qui se pressaient dans la boutique. Une fois servis, ils tardaient à repartir tant ils se sentaient bien. Chaque pas était au ralenti. Aucun d'eux, pourtant, n'aurait osé repasser deux fois au comptoir et risquer la condamnation aux « sept années ». C'était la menace que répétait M. Perle. Sept années sans guimauve de Noël si on resquillait. Quand on a six ou huit ans, ces sept années valent la perpétuité.

Mais dans ce quartier juif de Paris, envahi de petits commerces et d'ateliers de confection, en cet hiver 1938, il valait mieux ne pas être capable d'imaginer ce que seraient devenues ces files indiennes d'enfants, sept ans plus tard, après la guerre, quand ils auraient à nouveau droit aux guimauves.

Une fois la foule évacuée et le rideau de fer à demi baissé, le petit renvoya les parents Perle chez eux.

– Je m'occuperai de fermer. Allez dormir.

Jacques Perle n'insista pas longtemps. Il voyait la fatigue de sa femme et, troublé par cette journée, il ne tenait plus debout non plus.

Le matin même, deux gendarmes étaient venus au milieu de la foule des clients et des petits enfants. Perle les avait fait entrer dans l'arrière-boutique.

Ils venaient chercher un certain Joshua Perle qu'ils accusaient de ne pas s'être présenté aux obligations du service militaire. Perle les avait laissés parler, la mâchoire tendue, avant de leur dire que son fils n'avait jamais été de ce genre-là, et qu'il aurait été le premier à servir son pays.

— Le premier, oui, vous m'entendez bien…

Et il ajouta :

— S'il n'était pas mort depuis cinq ans.

Perle aurait gardé cette dignité blessée si l'un des gendarmes n'avait aussitôt demandé en collant son nez à son procès-verbal :

— Vous en êtes sûr ?

Alors, le père s'était souvenu précisément de la forme du corps de son fils sous un drap dans le salon. À voir le visage de Jacques Perle, les gendarmes comprirent qu'il valait mieux quitter les lieux.

Il était maintenant huit heures du soir et le cœur de Jacques Perle n'avait toujours pas retrouvé son rythme habituel. Le confiseur prit le bras de sa femme et se tourna vers le petit.

— Merci de fermer la boutique, bonhomme. Quand tu auras fini, il y a une fête de Noël chez le plâtrier de la rue de Saintonge. Ses trois filles sont passées hier l'une après l'autre pour t'inviter. Amuse-toi un peu.

Ils embrassèrent leur petit sur le front et rejoignirent l'appartement. Quant à eux, ils s'appliquaient à ne pas fêter Noël. C'était d'ailleurs tout ce qu'ils avaient gardé de leur propre religion.

Le petit resta donc seul et lava soigneusement les présentoirs. Après les grandes invasions, il n'y avait plus une seule guimauve dans l'établissement. La Maison Perle resterait fermée le lendemain pour la seule fois de l'année.

Le petit passa lentement le balai dans la boutique. Il faisait bon. Le poêle était éteint mais la fonte dégageait encore un peu de chaleur. Au pied du rideau de velours qui calfeutrait la porte traînait un livre. La reliure avait été râpée par le battant.

Il prit le livre dans ses mains et l'essuya avec le rideau.

C'était un livre illustré. Un enfant avait dû le laisser tomber pendant la procession aux guimauves.

Il n'y avait pas de livres chez les Perle. Juste un gros dictionnaire sous clef dans la vitrine du salon, pour si jamais. Mais aucun autre livre à l'horizon. On lisait le journal tous les jours, on se tenait informé de la marche du monde. Et si par hasard leur fils disparu avait possédé autrefois quelques livres pour enfants, ils avaient été donnés depuis longtemps aux œuvres du quartier.

Le petit regarda un instant la couverture rouge et or, sans l'ouvrir. Il alla poser le livre sur le comptoir.

Il restait une énorme cuve à rincer. Il la porta jusqu'à l'évier dans l'arrière-boutique. Il tourna le robinet pour la remplir et, pendant que l'eau coulait, il retourna du côté du comptoir.

Pour occuper ses mains, il redressa les crayons dans leur pot, gratta une goutte de sucre sur le rebord d'étain, puis tira le livre vers lui et l'ouvrit au hasard.

Il se pencha pour lire une ligne. La première qui se présenta sous son ongle posé sur le papier.

Il lisait mal et très lentement mais les mots, les uns après les autres, lui sautèrent à la gorge.

Il releva la tête, bouleversé, se précipita pour éteindre l'eau qui débordait déjà et revint vers le livre. Il reprit au début la phrase qu'il avait lue. Elle était toujours là. Et même s'il fermait les yeux, elle réapparaissait quand il les rouvrait.

Il continua. Il ne comprenait pas tout, mais rien ne lui était étranger. Ce petit livre à deux francs cinquante lui arrachait des larmes à chaque ligne. Que se passait-il ?

Il avait enfin trouvé l'ouverture, le passage qu'il cherchait quand il défonçait le fond des armoires, la lucarne vers ce qu'il avait quitté.

En presque trois ans, il n'avait trouvé aucun lien entre ce monde où il avait surgi et le labyrinthe de ses souvenirs. Un précipice les séparait. Sur cette frontière infranchissable, il avait commencé à bâtir sa folie. Devait-il croire à ce que lui racontait sa mémoire ? Il commençait à penser que sa tête n'était peut-être remplie que d'illusions, d'un grand vide qu'il avait peuplé de rêveries et de l'amour d'une fée.

Mais tout à coup, ces pages devant lui, écrites dans une langue qu'il comprenait à peine, faisaient surgir un monde familier. Il n'était pas exactement question de lui ou de son histoire, mais il reconnaissait tout. Le livre parlait des royaumes. De princes malheureux et de sortilèges. Tout cela existait soudain. Sa mémoire était imprimée là, sur le papier.

Il sentait les larmes glisser sous le col de sa chemise.

Le mur de sa prison venait de se fêler. C'était une fente minuscule, presque invisible. Mais le courant d'air chaud emplissait toute la pièce et lui donnait l'espoir fou qu'une porte existait quelque part et qu'un jour il rentrerait chez lui.

Il fallait partir, explorer ce monde, trouver le passage.

Il éteignit les dernières ampoules et resta immobile pendant des heures dans la lumière que le lampadaire de la rue jetait sur la Maison Perle.

Quand les trois filles du plâtrier vinrent en riant écraser leur nez sur la vitrine, il cacha le livre et s'avança vers la porte. Elles lui faisaient des signes. Il leur ouvrit.

– Tu viens ?

Elles sortaient de la messe de minuit. Elles portaient leur plus beaux châles d'où jaillissait à peine le sommet de leurs joues et leurs yeux.

– Qu'est-ce que tu fais ? Allez, tu viens ?

Suzanne était la plus grande mais elle ne parlait presque pas.

Elles sentaient la cire chaude et l'encens. Il les suivit.

On entendait la danse de leurs talons de bois dans la rue.

Ce fut le premier et le dernier soir de Noël qu'il passa dans une vraie famille, avec des marrons dans le feu, trois sœurs serrées sur la banquette du salon, un père ému de faire entrer un garçon sous son toit, un appartement illuminé, une maîtresse de maison qui s'excusait, comme toutes les autres au même instant dans cette ville et dans le monde entier, de la cuisson du poulet trop craquant, trop doré, trop parfumé, trop juteux sous la peau.

Mais déjà, malgré les yeux de Suzanne, les fous rires de Colette qui les regardait tous les deux, le petit se levait entre les plats pour s'approcher de la fenêtre, écarter le rideau et regarder la rue. Déjà il savait qu'il devait partir, qu'il passerait sa vie à cela.

Trois jours plus tard, il était tout seul à la boutique quand les gendarmes revinrent pour questionner Jacques Perle. Le petit les écouta.

– Il n'est pas encore là.

– Vous pourrez peut-être nous renseigner.

Les gendarmes étaient trois. Ils expliquèrent qu'il n'y avait décidément pas de trace du décès de Joshua Perle dans l'état civil. Ils craignaient une dissimulation pour échapper au service militaire.

– Avec ce qui se passe, ce n'est pas le moment de déserter.

Le petit regardait autour de lui, absent.

– Vous entendez ?

Non. Il ne semblait rien entendre.

– Je dois parler au père de Joshua Perle, dit le gendarme.

Il fit un signe à son collègue. Ce gamin ne se comportait pas normalement.

– Et vous ? Vous avez des papiers ?

Le garçon inspira longuement. Il contourna le comptoir, retira son tablier.

– Je suis Joshua Perle.

Il avait saisi l'occasion au vol, comme ces vagabonds qui sautent du haut d'un talus sur le toit des trains sans savoir où ils vont.

Il mit son manteau, laissa quelques mots griffonnés sur un papier près de la caisse et s'en alla entre les gendarmes.

Neuf mois plus tard, en septembre 1939, la guerre était déclarée.

Il passa par Paris, revint embrasser les Perle dans l'uniforme du 2ᵉ régiment de spahis. Il arrivait du Maroc et partait se battre contre l'Allemagne.

Jacques et Esther Perle regardaient ce petit soldat, beau comme un jouet au milieu des guimauves. Ils ne savaient pas qu'ils le voyaient pour la dernière fois. Ils ne savaient pas non plus qu'était brodé dans chaque pièce de son uniforme de soldat le nom qu'il leur avait dérobé et qui serait désormais le sien, le nom de leur fils mort, Joshua Perle.

9
~

Il était une fois

De l'endroit d'où venait Perle, je ne suis sûr que de ces premiers mots : « Il était une fois. »

J'écris le reste avec tout ce que j'ai appris depuis qu'il m'est apparu un jour d'automne, devant sa muraille de bagages. Tout ce que je sais de cet univers auquel il fut enlevé.

Il était une fois un royaume sur lequel régnait un roi amoureux.

Il arrivait à ce roi, quand il était en voyage dans les plus lointaines provinces, de se réveiller en pleine nuit et d'ordonner qu'on lui selle un cheval. Aucun fleuve, aucune montagne enneigée ne l'aurait arrêté. Il changeait de cheval au détour des forêts dans des relais de poste. Il pouvait galoper sept jours et sept nuits pour aller retrouver sa reine et la regarder dormir.

Le roi eut avec elle un premier fils qu'on appela Iån comme son père, son grand-père et tous ceux qui avaient régné sur ce royaume depuis mille ans. Quand Iån eut sept ans, la reine se trouva enceinte à nouveau et, parce que cette année-là, dans le pays, la saison fut très chaude, le roi fit bâtir pour sa femme un petit palais d'été au milieu d'un lac bordé de pins.

C'était une résidence sur pilotis, légère comme un trait de plume. Tout le contraire du château d'hiver dont les tours dessinaient de grandes bavures noires verticales qui se perdaient dans les nuages face à la mer.

La reine vécut sa grossesse dans ce petit palais du lac. Un courant d'eau fraîche passait sous les pilotis. Le prince Iån jouait sur des barques tout autour et attrapait les truites à la main. Le roi passait là le peu de liberté que lui laissaient son immense royaume et son peuple. Ces jours-là, il posait sa joue sur le ventre de la reine et racontait des histoires qui faisaient tressaillir l'enfant qu'elle attendait. Car dans ce royaume de conte de fées, les histoires venues d'ailleurs rythmaient les vies dès avant le premier matin.

Les trois médecins du palais étaient venus sur un bateau à fond plat et avaient annoncé aux parents qu'ils attendaient une petite fille. Le prince Iån, des grenouilles plein les poches, regardait cette assemblée depuis sa barque. Il craignait cet enfant qui s'apprêtait à envahir son royaume.

Mais il y avait toujours une famine, une guerre civile ou un dragon à vaincre à l'autre bout du monde. Il y avait des glaciers en équilibre au-dessus des villages, des ogres qui sortaient de leurs bois, et des loups. Venait donc le jour où le roi embrassait les siens et s'en allait. Son cheval traversait le lac à la nage et l'emmenait au loin. Avant de disparaître derrière les arbres, il regardait ce minuscule palais de roseau qui se reflétait dans l'eau. Il voyait au loin le profil de Iån dans sa barque, sa colère de le voir s'en aller.

Pendant ces longues semaines d'absence, la reine s'était liée avec une jeune fée qui vivait dans la source, en amont du lac, et venait cueillir l'osier sur les rives, près du palais d'été. La reine aimait cette fée imprudente. Elle s'appelait Oliå. Elle avait tressé avec ses mains le plus beau berceau d'osier blond. Ce berceau verdissait au printemps.

Le jour de la naissance approchait. Depuis des mois, le roi n'était pas revenu de voyage. Au début, la reine avait trouvé sa consolation dans les visites d'Oliå, qui débarquait à la tombée du jour, grimpant les pilotis à mains nues, le bas de la robe et les chevilles mouillés comme si elle avait marché sur l'eau. Mais un soir, Oliå ne vint pas.

Le prince Iån observa sa mère aller et venir au bout du ponton de planches, regarder le lac immobile, jusqu'à la nuit. Fåra, son vieux serviteur, finit par la forcer à se coucher.

Douze jours plus tard, Oliå n'était pas réapparue.

Ce douzième soir, une nuit de grande chaleur, se présenta le parrain de Iån.

Il s'appelait Taåge. C'était un vieux génie des basses terres, à trois cents lieues de là. Sept ans plus tôt, il avait sauvé le roi qui traversait les marécages pour rejoindre sa femme. Le cheval royal était embourbé jusqu'aux flancs. Il risquait d'être englouti avec lui. C'était au temps de la naissance du prince Iån. Le roi supplia Taåge qui vivait là et avait entendu ses cris. Le génie rappela à lui la boue du marécage.

Une fois le cavalier sorti, il relâcha l'eau boueuse, tout flatté de la reconnaissance de son roi.

– Votre Altesse se souviendra-t-elle de son serviteur ?

Et quelques jours plus tard, le roi lui avait offert d'être le parrain de Iån, l'enfant qui venait de naître.

Le roi avait regretté son choix. Sa reine craignait les pouvoirs de Taåge et le tenait à l'écart. Mais le petit prince Iån vénérait son parrain.

Il était d'ailleurs déjà perché sur ses épaules, ce douzième soir, quand il vint voir la reine.

– Le roi est-il là pour que je lui parle ? demanda Taåge.

Une mare de vase se formait autour de ses bottes sur le plancher. Taåge s'appuyait sur un bâton recouvert d'écailles.

– Non. Il n'est pas là, lui répondit la reine.

L'année des trois ans de Iån, Taåge avait demandé à prendre le prince avec lui, dans les marais, et à s'occuper de son éducation. On le lui avait refusé. La reine savait que Taåge ne pardonnait pas cet affront.

Maintenant, il posait sur elle ses yeux secs. La reine cherchait à donner l'illusion de la fermeté. À côté d'elle, le serviteur Fåra montait la garde. Elle se redressa sur ses coudes. Assise sur une chaise longue, toute chavirée de chaleur, elle cachait son ventre sous un voile bleu.

– Le roi n'est pas là, dit-elle à nouveau sans se souvenir si elle l'avait déjà dit. Allez-vous-en.

Fasciné, Taåge ne regardait que cette forme ronde qui se soulevait.

– Il semble qu'il va bientôt devoir revenir.

– Je ne sais pas, dit la reine. Laissez-moi.

Alors, en détournant la tête, elle remarqua une ligne grise sur l'eau.

– On dit que vous attendez une fille.

– Je ne sais pas, répondit la reine, distraite.

Taåge regardait maintenant la même ligne de vase grise. L'eau baissait dans la nuit.

– Dites au roi, si vous le voyez, que j'étais venu lui parler, murmura-t-il.

– Vous ne restez pas ? demanda le jeune prince.

Son parrain le fit doucement rouler sur le sol et quand Iån retrouva son équilibre dans la flaque noire, Taåge avait disparu. Le prince tourna les yeux vers l'eau.

– Regarde, dit-il à sa mère.

Partout affleuraient des bancs de vase sur le lac. Iån partit avec une lampe à la recherche de sa barque. Elle était accrochée verticalement au pilotis, comme une chauve-souris, tant l'eau avait baissé.

La nuit suivante, il n'y eut pas un souffle de vent. Le lac était asséché. Une haleine suffocante entourait le palais. Des nuages de moustiques s'élevèrent du fond de la vase. Seul le prince Iån, au petit matin, poussa des cris de joie devant les quelques mares grouillantes de poissons.

Aux quatre coins du palais d'été, on fit des feux qu'on étouffait avec des branchages trempés dans la boue pour chasser les moustiques. La fumée et la cendre entraient par les portes et les fenêtres et collaient à la sueur de la reine. Dès la seconde nuit, elle fut prise de fièvre. Et quand l'alerte fut donnée à l'aube, les trois médecins de famille la trouvèrent trop faible pour la transporter sur la terre ferme.

La journée fut la plus chaude de l'été. Les ventres blancs des poissons s'alignaient dans la vase à perte de vue. Le jeune prince resta d'abord près du lit, à tenir la main de sa mère. Il avait fait sonner les cloches pour avertir son père. Fåra avait envoyé des émissaires. Mais aucun cavalier en armure ne paraissait sur la rive entre les pins. Iån, bouche fermée, maudissait la petite princesse, sa sœur. Il maudissait son père pour son absence.

Taåge proposa son aide par l'entremise d'un messager. Iån supplia la reine de l'accepter car Taåge avait de grands pouvoirs. La reine puisa dans ses dernières forces pour renvoyer le messager du vieux génie.

La nuit fut terrible. Les cris de la reine se perdaient sur le lac. Iån se bouchait les oreilles, blotti sous le plancher, dans la charpente des pilotis.

Fåra veillait encore. Il essorait les linges posés sur le front de sa maîtresse.

Quand le roi revint le lendemain, il vit de loin les brasiers fumants sur les pontons du palais. Il traversa le lac à cheval, découvrit la reine morte, entourée de ses gens affolés. Iån se tenait à ses côtés avec Fåra. Personne ne s'occupait du bébé qui dormait paisiblement, tout brun du sang de la naissance, derrière une cloison de papier. Car l'enfant avait survécu. On l'avait jeté dans le berceau sans même lui accorder un regard.

Les trois médecins de famille posèrent leur front sur le sol devant le roi, attendant leur châtiment. Mais le roi n'était plus conscient de rien. Le prince Iån ne leva pas les yeux vers lui. Pour lui, son père était aussi coupable que l'enfant assassin.

Le roi amoureux devint fou. Le jeune Iån partit pour le château d'hiver, près de la mer. Il appela Taåge à ses côtés, qui fit revenir l'eau du lac. On enferma le roi dans le petit palais d'été avec le nouveau-né et le vieux serviteur Fåra. Un bateau de pêcheur leur déposait parfois des vivres. Mais la rumeur se répandit bientôt que les abords du palais étaient hantés et que les rôdeurs s'y noyaient. Plus personne n'y retourna.

La loi du royaume obligeait le prince à attendre ses quinze ans pour être couronné. Il s'installa dans les tours de son château, là-haut, au milieu des mouettes. Il n'avait encore que sept ans. Il prit Taåge comme conseiller et régent en attendant le sacre.

10

La source

Treize années étaient passées.

L'hiver, le lac restait glacé et les pilotis du petit palais s'élevaient au-dessus de la neige. Seule la lisière des forêts dessinait les limites du lac.

Un homme sortit dans le froid. Il portait un manteau de fourrure et des moufles épaisses qui lui faisaient comme des pinces de crabe. C'était Fåra, le serviteur de la reine. Le visage taillé dans la glace, il n'avait plus d'âge. Il marcha jusqu'au bout du ponton et se retourna pour regarder l'empire minuscule dont il avait la garde. L'été, les trous dans les murs et les toits déchirés laissaient passer l'air, la pluie et les oiseaux. Mais tout l'hiver, les ruines du palais se cimentaient de neige. La maison devenait imprenable.

Fåra revint sur ses pas, jeta un coup d'œil à gauche, au sentier tracé dans la neige, pas plus large qu'un sillage de lièvre blanc. Il plongea son regard dans l'horizon pour tenter de voir la petite silhouette tant aimée. Mais aucun mouvement nulle part. Le blanc était partout, parfaitement immobile.

Fåra rentra dans le palais.

– Où est-elle, la douce ? demanda une voix.

Le roi était assis devant le feu. Il avait entendu entrer Fåra.

– C'est toi, Fåra ?

– C'est moi, Majesté.

– Et la douce ? Où se cache-t-elle ?

– Elle est morte, Majesté. Il y a treize années.

Le roi se mit à rire en silence. Fåra s'approcha pour relever les couvertures tombées à ses pieds. Le roi lui attrapa la manche et chuchota :

– Elle me fait payer mes batailles ?

Fåra secoua la tête avec tendresse.

– Elle vous aimait, Majesté.

– C'est la nuit ?

– Non, c'est le jour.

– Alors pourquoi faut-il qu'elle dorme encore ?

Il connaissait des royaumes où les belles finissaient par se réveiller.

– Elle est morte, répéta Fåra.

Le roi soupira, avec un léger sourire, comme pour un petit caprice de la reine. Comme si la paresse la faisait traîner entre ses draps.

– La douce.

Fåra s'était retourné pour pleurer. Qui se souciait de son chagrin à lui ? Le vieux serviteur avait tant vénéré la reine. Dans sa folie, chaque matin, sans le savoir, le roi rouvrait une à une ses blessures.

Fåra pensa heureusement au lièvre blanc qui devait courir dans la neige quelque part et qui était la consolation de ce palais.

À des lieues de là, au bord de la mer, Iån régnait depuis cinq années. Il avait maintenant vingt ans. Son royaume était dans un état bien plus terrible que les ruines de glace posées sur le lac. C'était un territoire de larmes. Il avait commencé par piller son peuple, vider les forêts de leurs bêtes, raser les cerisiers, les champs de blé et semer partout l'épouvante. On tendait des filets au large, dans les eaux les plus profondes, là où se réfugiaient les dernières sirènes. On séchait la viande des licornes dans les greniers.

– Majesté, tes archers sont de retour.

Taåge se tenait à côté du jeune roi. Ses années de régence restaient de triste mémoire, mais désormais Iån avait dépassé son maître en inhumanité.

– Combien sont-ils ?

– Onze.

À la suite de son parrain, Iån avait épuisé son territoire et il commençait à vouloir explorer les autres royaumes, ceux qu'on appelait les royaumes achevés parce que leur histoire était finie et qu'ils auraient dû vivre en paix.

Ces royaumes évitaient de s'aventurer près des rivages n'ayant pas connu l'achèvement. Mais dès la première année de son règne, Iån avait construit le bateau-feu sur un récif pour attirer et piller les bateaux de passage.

Nul n'aurait pu imaginer un tel crime. Même Taåge avait été enfermé trois années dans une tour parce qu'il avait reproché à son maître de s'en prendre à ces royaumes. Il venait d'être libéré après s'être lui-même désavoué. Il cherchait à retrouver sa place auprès du roi.

Le jeune roi avait décidé d'envoyer quinze premiers mercenaires pour préparer des invasions.

– Onze archers seulement sont revenus ?

– Oui, Majesté.

– Faites-les entrer.

Taâge passa sa paume sur ses lèvres grises.

– Je dois d'abord te parler d'un problème.

Malgré les années passées, les honneurs et les humiliations, Taâge gardait sur le visage ses origines marécageuses. Il continuait à traîner derrière lui des éclaboussures de boue.

– Quel problème ?

– Le palais d'été…

Iån se tourna vers Taâge. Personne n'était jamais entré dans le palais du lac depuis la mort de la reine. Le pêcheur ne laissait même plus de nourriture au bout du ponton.

– Le vieux fou est mort ?

– Je ne sais pas.

– Alors ?

– Il y a des traces dans la neige. Quelqu'un s'échappe du palais d'été chaque jour.

– Qui vous l'a dit ?

– Le trappeur qui te livre les peaux.

Iån alla vers la fenêtre et entendit Taâge continuer :

– Le roi et son serviteur sont trop vieux pour marcher des heures dans la neige. Mais il y a peut-être…

– Tais-toi.

Iån n'avait pas besoin de Taåge pour penser à cette créature qui avait tué sa mère en naissant. Les médecins avaient annoncé une fille. S'évadait-elle pour aller égorger les derniers renards et les dévorer en y plongeant ses dents noires ? Il la voyait comme une petite bête malfaisante, dégradée par la vie sauvage. Mais pouvait-elle avoir survécu dans la solitude de ce lac ?

– Dites au trappeur de la surveiller.

– Personne ne l'a jamais vue…

Iån se retourna brutalement vers son conseiller qui balbutia :

– Que doit-il faire s'il la trouve ?

– Qu'il garde la peau pour se payer de la prise.

Taåge n'était pas sûr d'avoir bien compris.

– Majesté…

– Ne faites pas comme si vous n'aviez pas entendu.

Le lièvre blanc qui s'échappait des vestiges du palais n'était pas assoiffé du sang des renards ou des lynx. Il quittait les ruines avant que le jour se lève pour traverser le lac gelé sans être vu des guetteurs.

Son pas soulevait la neige en silence. Pas un souffle, pas un bruit à son passage. Une ombre dans l'ombre, rapide et indécelable.

Et quand le jour se levait, il était déjà caché, au milieu des arbres. La lumière glissait sur lui. Ce n'était pas une petite princesse édentée. On reconnaissait bien dans l'étroite fenêtre sous la toque en hermine les yeux de sa mère disparue. Mais c'était les yeux d'un garçon. Un garçon de treize ans dans un manteau de fourrure blanche.

On avait annoncé une fille, mais un petit garçon était venu, abandonné sans un regard dans le berceau rempli de cendres. Le vieux serviteur l'avait appelé Iliån, ce qui signifie : celui qui ne régnera jamais.

Il longeait le lac sans quitter le couvert des pins. Iliån avait sur son poignet la corde et le cuir d'une fronde roulée en bracelet. Il rapportait chaque soir des étourneaux qu'il tirait tout en haut des arbres. Mais ce matin-là, il ne levait même pas les yeux quand l'aile d'un oiseau troublait l'air. Il marchait obstinément vers la source.

Les rives formaient de petites anses qu'on mettait des heures à contourner. En été, il les traversait à la nage, mais l'hiver, par temps clair, il ne s'aventurait pas sur cette banquise. Il aurait été une cible trop visible dans le paysage blanc. Iliån restait donc sur la rive. Il lui fallut près de trois heures pour approcher de la source.

La végétation devenait très dense. Au printemps, on ne pourrait plus la franchir. La source était dans un repli creusé au bord du lac. Ce recoin accidenté était fait de rochers et d'arbres tortueux, recouverts de neige.

Quelques jours plus tôt, Iliån avait profité d'un lendemain de tempête pour franchir ces barrières en s'enfonçant dans la neige qui avait tout noyé sur plusieurs mètres d'épaisseur. Mais déjà cette neige était moins régulière. Par endroits, elle s'était effondrée dans des failles et la fine couche tombée la nuit précédente cachait ces pièges.

Il arriva enfin au-dessus de la source. Le bassin était lisse et rebondi comme un coussin de plumes. Plus une seule trace sur sa surface. On entendait toujours le chant du ruisseau qui coulait en profondeur sous la neige.

Quand il avait découvert pour la première fois cet endroit, après la tempête, Iliån y avait vu un cercle de pas. Des pieds nus à peine enfoncés dans la neige. Ces pas venaient de nulle part et ne semblaient pas repartir d'un côté ou de l'autre. C'était juste le petit tour de quelqu'un qui était né là et s'était décomposé aussitôt après. Trente secondes en hiver, une vie plus brève que celle des éphémères.

Mais il n'y avait plus rien. Plus une seule trace de pas sur le coussin de plumes.

Iliån se coucha au pied d'un arbre, sur une butte, pour surveiller les lieux. Il avait été élevé par deux vieillards dont l'un, son père, n'avait plus sa raison. Les autres vivants restaient toujours à plus de trois cents pas de lui quand Iliån se cachait dans les roseaux ou dans les branches pour les guetter. Ces traces légères, toutes proches, l'obsédaient donc depuis quatre jours. Il connaissait les pas du trappeur, les raies profondes du traîneau, les empreintes de toutes les bêtes du lac, les quatre doigts de l'aigrette dans la vase, l'été, mais ce pied nu dans la neige…

Des flocons commençaient à tomber. Iliån tendit l'oreille. Au loin, on entendait des hurlements.

À trois cents pas de là, le trappeur faisait siffler son fouet pour que se taisent ses loups. Ils étaient attelés à un traîneau sur lequel était ligoté le corps d'un petit puma blanc. La bête blessée venait de tomber dans un piège hérissé de pieux, de l'autre côté du lac. Le puma respirait encore. Excités par cette prise, les sept loups hurlaient maintenant autour d'une nouvelle piste qu'ils venaient de découvrir. Le trappeur les écartaient avec des cris et des claquements de fouet. Il se laissa tomber sur les genoux, baissa les yeux jusqu'au sol. La neige tombait de plus en plus fort.

C'était bien elle : la petite sauvage du palais d'été. Il reconnaissait l'empreinte de la fugueuse. La poudreuse à peine retournée. Ses loups se pressaient autour de lui. Ils sentaient l'odeur du poignard encore sanglant attaché à la cuisse de leur maître.

Taåge lui avait dit de ne l'attraper que si elle s'échappait à nouveau. Elle venait de passer par là. La trace serait bientôt recouverte par la neige. Il fallait faire vite. Les loups se remirent en ordre. Le chasseur grimpa à l'arrière du traîneau et suivit la piste.

L'attelage passait entre les arbres. Les loups avaient retrouvé la concentration de la traque. On n'entendait même plus leur respiration voilée par le coton de la neige. Devant eux, les pas disparaissaient peu à peu. Et même la forêt s'effaçait tout autour. Il faisait froid. L'odeur brûlante du petit puma brouillait l'odorat des bêtes qui commençaient à osciller entre les troncs en se bousculant. Le regard du trappeur tentait de percer le rideau opaque. La lanière de son fouet venait piquer l'échine des loups.

Iliån n'avait pas besoin de ses yeux pour retrouver son chemin. Il avançait dans le grand blanc. Il pensait à Fåra qui devait attendre son retour sur le lac. Le vent se levait. Son père était sûrement devant le feu à se conter à lui-même des histoires de géant, de petite fille en cape rouge perdue dans les bois. Ces récits des autres royaumes étaient tout ce qui restait de sensé dans son esprit. Iliån avait grandi au côté de cette mémoire qui mimait dans l'air, avec la main, les bals où tournaient des souliers précieux.

Soudain, à deux pas de lui, un bruit arrêta le pas d'Iliån. Il cessa de respirer. L'instant d'après, un monstre à sept têtes surgit de la neige.

11

Métamorphose

Le premier loup avait failli arracher son harnais en bondissant pour attraper Iliån à la tête. Les sangles de cuir l'arrêtèrent en plein vol. Le garçon roula dans la neige sur le côté et lui échappa. Virant de bord, le reste de la meute se précipita d'un seul élan derrière lui.

À l'arrière du traîneau, sorti du nuage de poudre, le trappeur découvrit ce qui avait provoqué le choc. Devant lui, quelqu'un descendait le vallon enneigé. Il tenait enfin la petite fugueuse.

C'était une clairière en pente. Le vent chassait par instants la brume et faisait apparaître les arbres, tout en bas. Le traîneau traçait son chemin, sans rencontrer d'obstacle. Iliån effleurait la neige. Le chasseur hurlait sur ses loups.

– Tue !

Il venait de dégainer son poignard sur sa jambe droite. Il n'avait pas encore vu le visage de la proie, cachée par le vent chargé de neige. Ce n'était qu'une silhouette qui fendait l'air pour garder son avance sur les loups. Dans quelques secondes, elle serait dans la forêt.

Une fois la lisière franchie, le traîneau ne pourrait pas la suivre entre les arbres de plus en plus serrés. Il ne restait que quelques dizaines de mètres pour l'attraper.

Le chasseur se pencha en avant et d'un coup de poignard trancha les liens qui retenaient le corps du petit puma. À la première butte, l'animal aux pattes attachées se souleva et glissa dans la neige. Le traîneau sembla s'envoler. Allégés de cinquante kilos, les loups s'étaient sentis aspirés vers l'avant. La petite proie était maintenant toute proche.

Iliån visait les premiers arbres, si proches, mais il sentait derrière lui la tornade aux odeurs de tanière et de bête échauffée. Un tourbillon qui gagnait du terrain.

Iliån connaissait le trappeur. Il l'avait vu séparer à la fourche une portée de renardeaux de leur mère ou dépecer vivant le gibier. Il affamait ses loups, les blessait pour exciter leur sauvagerie. Il suspendait au-dessus de leur cage des poches pleines de sang.

Iliån l'entendait hurler à ses bêtes :

– Tue ! Tue !

Il n'aurait aucune pitié pour lui. Une poussée de peur jeta Iliån un peu plus en avant. La forêt était là, à quelques pas.

– Tue !

Il atteignit le premier pin au moment où les loups étaient sur ses talons. Il croyait sentir le souffle du fouet sur sa tête. Cette fois, les forces lui manquaient. La neige était moins épaisse dans le sous-bois mais Iliån n'en pouvait plus. Derrière lui, les griffes déchiraient la glace. Le traîneau râpait l'écorce des arbres. Iliån ne voyait plus rien. Épuisé, il perdit l'équilibre et tomba.

Un fracas retentit au même moment. L'attelage des loups venait de bondir entre deux pins jumeaux et l'axe du traîneau était resté coincé dans la fourche. Les sept bêtes s'écrasèrent dans la neige, le souffle coupé. Le trappeur avait été projeté contre un arbre mais il tentait de se relever en gémissant, la jambe droite brisée.

Iliån, lui, était déjà debout. Il gardait son visage enfoui dans les fourrures de son manteau, prêt à reprendre sa course.

Les loups devenaient fous. Ils poussaient des hurlements, se piétinaient les uns les autres, entravés par leurs sangles.

Iliån pensa qu'il était sauvé. Mais la cruauté ne rend jamais les armes.

Le chasseur s'était hissé sur ses coudes et, le poignard toujours à la main, il rampait. Iliån le regardait, ne comprenant pas ce qui justifiait cet effort démesuré. Dans son état, il ne parviendrait jamais jusqu'à lui.

L'homme agrippa soudain le bois du traîneau, tira d'un coup sur son bras pour soulever son corps impuissant et, dans un hurlement de douleur, il trancha d'un seul mouvement de couteau les sept attaches qui retenaient les loups.

Pendant un fragment de seconde, le temps s'arrêta.

Iliån, appuyé contre un tronc, regardait les bêtes toutes sonnées par leur liberté. L'instant suivant, il les vit jaillir vers lui, la gueule ouverte, les crocs étincelants. Sa vie allait s'achever sur cette vision de cauchemar quand un coup de vent d'un blanc opaque rattrapa les loups dans leur saut, en plein vol, et les recouvrit entièrement.

Les poings serrés, Iliån attendait le moment où il serait déchiré par la horde. Silence. Rien ne venait.

Et puis, soudain, les masses noires retombèrent lourdement sous le voile blanc. Des grognements étranges secouaient la neige. Un peu plus loin, on entendait la voix brisée du trappeur :

– Tue !

Les sept bêtes étaient là, confuses, désorientées mais leur maître ne les reconnaissait pas. Elles semblaient s'être ramassées sur elles-mêmes, avoir perdu la souplesse de leurs corps. Le trappeur voyait affleurer les touffes de poils noirs dans la neige. Elles tournaient en rond avec toujours ces ronflements lamentables.

L'un des animaux parvint enfin à se dégager de l'ornière à quelques pas du maître qui écarquilla les yeux.

– Le diable…

Devant lui, c'était un gros sanglier noir qui venait de relever la tête. Et les autres, l'un après l'autre, sortirent le groin de la neige, flairant l'odeur du chasseur.

Il poussa un cri d'effroi. Où étaient passés les loups du traîneau ? Il fouillait du regard autour de lui. La fugitive aussi avait disparu.

– Le diable…, bredouillait-il, le couteau à la main.

Quand les sangliers se traînèrent en bavant vers lui, sur leurs courtes pattes, il découvrit, bien attachées à leur dos, le reste des courroies en cuir de l'attelage.

Deux heures plus tard, Fåra ramassa le corps d'Iliån dans la neige à côté du palais d'été.

Il l'étendit devant la cheminée sous les yeux du roi.

Celui-ci regardait son fils avec curiosité.

– Tu ramasses les pèlerins qui passent, Fåra… Tu fais honneur au palais.

– C'est votre fils.

– Tous les enfants perdus sont mes enfants.

– C'est Iliån. Il vit avec vous depuis treize ans. Depuis sa naissance.

Le roi l'observait attentivement.

– Dis à sa mère de le prendre un peu contre elle.

– Sa mère est morte, Majesté.

Une grande tristesse s'abattit sur le visage du roi. Il se leva péniblement de son siège. Fåra vint lui tenir le bras.

Il l'aida à s'agenouiller près du garçon. Le roi semblait fatigué.

– Pauvre petit, dit-il, qui n'a pas de mère.

Fåra vit sa main se promener sur les cheveux emmêlés du garçon.

– Pauvre petit.

Le roi se releva. Fåra le conduisit lentement à travers la pièce vers une alcôve qui lui servait de chambre.

– J'ai eu une petite fille qui lui ressemblait, autrefois, dit le roi en s'allongeant.

Fåra n'avait pas la force de le contredire.

– Bonne nuit, Majesté.

– Bonne nuit, Fåra.

Malgré la maladie, le roi reconnaissait toujours son vieux serviteur comme on sait par instinct trouver sa propre main quand il faut se défendre ou essuyer une larme.

Le roi s'était endormi.

Fåra retourna vers Iliån, devant les flammes.

L'enfant venait d'ouvrir les yeux.

— Vous vous éloignez trop du palais, mon prince.

Iliån fit un sourire. Que restait-il des palais et des princes dans ce royaume ? Comment ce serviteur parvenait-il à faire tenir debout les restes d'un monde disparu ?

Fåra était à lui tout seul les conseillers, la cour, la nourrice et la reine mère. Il était aussi la mémoire et les mains du vieux roi.

— J'ai rapporté des oiseaux.

— Oui, dit Fåra, je les ferai rôtir ce soir.

Mais Iliån pensait surtout à sa course dans la neige, à ce moment où il avait cru mourir.

— Qui peut changer un loup en cochon sauvage ?

Fåra regarda Iliån avec inquiétude.

— Qui est capable de faire cela ?

Le serviteur se taisait.

— Réponds-moi, Fåra.

— Taåge est capable de cela. Le parrain de votre frère.

— Qui d'autre ?

Iliån savait que Taåge ne lui aurait jamais sauvé la vie.

— Autrefois, hésita Fåra, certains autres porteurs de magie faisaient cela.

— Qui ?

— Taåge a écrasé tous les génies des bois ou des ruisseaux. Ils se cachent.

— Où sont-ils ?

— Je sais depuis le début qu'il faudra un jour que vous partiez.

— Réponds. Où sont-ils ?

— Comment savoir ? Je ne sors pas d'ici. Mais si l'un d'eux a fait cela aujourd'hui...

Au même instant, non loin de là, Taåge donna un coup dans une porte avec sa canne couverte d'écailles. Le trappeur était allongé devant lui sur des peaux d'ours, dans son trou, éclairé par la lueur d'une torche. Sa jambe brisée était tenue entre des planches.

On entendait des ronflements au fond de la grotte.

– Ils sont là, dit le trappeur en montrant la grille derrière lui.

Taåge s'avança dans le noir. Il posa ses mains sur les barreaux.

Les petits yeux des sangliers perçaient l'obscurité.

– Je la tenais, murmura le trappeur. Elle était juste devant moi.

À travers les barreaux, Taåge remuait avec sa canne la fange de la porcherie.

– Ils ont failli me dévorer, continua le blessé. Trouvez celle qui a fait cela. Rendez-moi mes loups.

– Ne me donne pas d'ordres, imbécile.

– Et le puma ? J'avais un puma blanc. Il a disparu.

Taåge se tourna vers lui.

– Il était presque mort dans la neige, lui dit le trappeur. Il s'est libéré de ses liens ? Qui veut me faire croire cela ?

– Tais-toi. Arrête de renifler comme tes porcs.

Mais le visage de Taåge s'assombrissait. Il demanda :

– Comment est-elle ?

– Je n'ai pas vu sa tête. Elle est petite. Elle a la force d'une bête.

– Tu te moques de moi. Elle a treize ans.

– Je vous jure que c'est vrai.

– Ce n'est pas elle. Quelqu'un était là et a voulu la sauver.

– Qui ?

Taåge attrapa la torche accrochée au mur et s'éloigna.

– Ne me laissez pas dans le noir...

Taåge sortit. Il rejoignit ses hommes qui attendaient dehors avec leurs chevaux. Quelqu'un aida le vieux génie à monter sur son cheval. On entendait les lamentations du trappeur dans la caverne.

Taåge répandit le feu sur les torches de sa troupe.

Deux autres génies vivaient terrés sur cette rive du lac.

Taåge fit brûler leurs forêts. Impuissant face à leurs pouvoirs, il ne pouvait les anéantir mais il voulait les plonger dans la terreur, les affaiblir encore en réduisant leurs territoires. Si certains protégeaient l'héritière, c'était peut-être pour lui donner la couronne de Iån. On parlait des premiers insurgés qui se dressaient parmi le peuple. Il aurait fallu éliminer cette fille il y a bien longtemps si elle menaçait le pouvoir.

Taåge voyait autour de lui les flammes s'élever dans la forêt. Les arbres craquaient et tombaient dans le torrent noir formé par le charbon et la neige.

Iliån était assis sur le pont du palais d'été. Il regardait le lac constellé de bêtes qui fuyaient l'incendie en marchant sur la glace. Il voyait la fumée au-dessus des bois. Des rennes passèrent juste à côté de lui. Des perdreaux des neiges se réfugiaient sous les pilotis.

Iliån ne pouvait s'empêcher de penser qu'il avait lui-même allumé ce feu.

12

Un amour

C'était au mois de mai. Une pluie froide tombait autour d'elle.

Dans l'eau jusqu'à la taille, une fille entassait les pierres pour renforcer le barrage sur lequel passait le ruissellement de la source. Tous les printemps, la fonte de la neige emportait cette digue et détruisait le bassin où elle se baignait.

À chaque pierre qu'elle ajoutait, on entendait mieux le chant de la cascade qui se formait. L'eau montait autour d'elle et tombait d'un peu plus haut avant de disparaître sous les iris du ruisseau.

Oliå sortait chaque matin de la source, lavée de la journée de la veille. Les jours et les saisons ne laissaient pas d'empreintes sur elle. Elle ne vieillissait pas.

Même son esprit était chaque matin remis à neuf. La jeunesse d'Oliå n'était donc pas qu'une apparence. À l'intérieur comme à l'extérieur, elle avait quinze ans depuis des siècles. Pas un jour de plus que ces quinze ans.

Là-haut, dans les rochers, caché au-dessus de la source, Iliån la regardait. Il surprenait enfin celle dont les petits pas hantaient ses nuits depuis l'hiver. Une fée.

Tapi dans la fraicheur de l'ombre, Iliån ne la quittait pas des yeux.

Il passait sa vie à se rendre invisible, à donner l'illusion de ne jamais être né. Il savait se fondre dans le décor. Même les oiseaux qu'il tirait avec sa fronde tombaient sans avoir eu le temps de deviner son existence.

Oliå ne semblait se soucier ni de la pluie ni de lui.

Elle sortit de l'eau et grimpa parmi les galets. Elle disparut un temps de sa vue. Iliån trouva ces secondes interminables. Il les sentait battre en lui. Il étirait son cou pour l'apercevoir.

Quand elle revint sur le bord du bassin rond, elle parlait à quelqu'un derrière elle, dans les rochers. Elle se tournait vers ce nouveau venu qu'Iliån ne voyait pas. Accroupie, elle murmurait avec beaucoup de douceur, tendait ses mains et ses lèvres pour le faire approcher. À qui parlait-elle avec ces yeux de biche ? Iliån n'aimait pas ces gestes et ces sourires tendres. Cette douceur tournée vers un inconnu. Mais il aurait aimé entendre sa voix, couverte par le bruit de l'eau.

Il s'avança légèrement.

C'était un petit puma blanc aux pattes bandées qui tenait à peine debout. Il était incapable de faire un pas, regardait avidement Oliå, comme s'il avait voulu la rejoindre.

– Tu as mal ?

Elle avait laissé ses mains tomber le long de son corps.

Sa voix était plus grave que ce que sa silhouette laissait imaginer.

– Tu as encore mal ?

Soudain, le puma releva la tête, huma l'air et se tourna dans la direction d'Iliån. Celui-ci eut juste le temps de se cacher.

Il avait été repéré.

Il sauta sur la mousse, un peu plus bas, se glissa entre deux rochers et pénétra dans l'ombre d'un maquis. Il n'eut pas le temps de faire un pas. Elle était déjà là.

Il s'immobilisa.

Debout devant lui, Oliå avait les cheveux et la robe trempés. Elle regardait le sol, plus agacée qu'intimidée, et dit :

– Si on vous attrape chaque fois que vous sortez, vous feriez mieux de rester chez vous.

Iliån cachait dans ses manches le tremblement de ses mains.

– C'est vous qui m'avez aidé, l'autre jour ? dit-il.

– Je ne sais pas de quoi vous parlez.

– Les loups, cet hiver...

– Quels loups ?

– Vous avez sauvé le petit puma aussi.

Elle releva les yeux.

– Lui, au moins, il ne court plus les bois, dit-elle.

– Qu'est-ce qu'il a ?

– Le chasseur lui avait coupé les jarrets.

Iliån serrait les poings. Elle ajouta :

– Le chasseur ne tue pas complètement. La viande vivante se conserve plus longtemps.

– C'est un chacal, cet homme.

– Les chacals ne font de mal à personne.

– Pourquoi vous m'avez protégé ?

Elle le regarda enfin dans les yeux.

La pluie s'était arrêtée de tomber et remontait maintenant autour d'eux comme un parfum.

– Il ne faut plus sortir, dit-elle. Ils ne vous toucheront pas tant que vous resterez dans le palais. Le peuple ne les laisserait pas entrer dans le tombeau d'une reine.

Ils se regardèrent encore puis elle ferma les yeux et parut s'absenter.

Iliån eut alors l'impression qu'on lui attrapait la main et qu'on le tirait en arrière, entre les chênes verts. Oliå pourtant n'avait pas bougé. Ses doigts restaient sur l'écorce de l'arbre. Iliån se sentait irrésistiblement emporté. Il n'essayait d'ailleurs pas de résister. Il courait au-dessus des ronciers. Une force inconnue aimantait son corps et sa volonté. Il voulut se retourner une dernière fois vers elle, mais la forêt les masquait l'un à l'autre.

Une heure plus tard, Iliån arriva à la nage sous les pilotis du palais, se hissa sur une poutrelle pour reprendre son souffle. Il sentit se détacher le fil invisible qui l'avait fait courir.

Certaines forces sont pourtant plus puissantes que la magie. Un autre fil d'or restait attaché au centre de sa poitrine. Un fil dont il ne pourrait jamais se défaire.

Iliån avait grandi avec les histoires racontées par son père pendant les nuits et les hivers sans fin, mais quelque chose manquait pour lui dans l'horlogerie des contes. Il comprenait enfin ce secret caché dans toutes les histoires, le ressort mystérieux qui les animait. Ce qui changeait les canards en cygnes. Ce qui causait les jalousies, les duels, le désespoir des reines et même parfois les batailles rangées entre les armées, les exploits d'un petit tailleur, la folie d'un vieux roi.

Les pieds dans l'eau, encore tout en sueur d'avoir couru, il découvrait ce secret.

Malgré les avertissements d'Oliå, Iliån ne resta pas caché dans son palais de courants d'air. Elle le surprit le lendemain près de la source. Elle le chassa à nouveau, éleva d'un seul geste des barricades de ronces.

Mais cela recommença encore le lendemain.

Et chaque jour. Et certaines nuits.

Oliå le gronda avec de moins en moins de conviction. Aucun de ses tours ne le tenait longtemps en respect. Et quand il tardait à revenir à l'attaque, elle errait dans les bois, elle avait mal au ventre. Il n'y avait dans sa mémoire, de toute éternité, rien qui ressemblait à cet engourdissement.

Elle se tenait prête, guettait la direction du lac.

Elle aussi découvrait ce secret interdit aux fées, l'amour, cette force qui fait vivre. C'est-à-dire qui fait naître et qui fait mourir.

DEUXIÈME PARTIE

Le chagrin vivant

13

Joshua Iliån Perle

Ils étaient huit, les uns assis, les autres allongés contre les murs de l'étable, sous leurs chevaux qui dormaient debout. C'était le 22 juin 1941. Les batailles avaient labouré toute la région.

Les huit hommes portaient l'uniforme du régiment des spahis marocains. Avec leurs capes et leurs turbans couverts de poussière, ils avaient l'air de cavaliers du désert perdus dans une guerre qui n'était pas la leur.

Ils venaient de se réfugier dans cette ferme de la campagne française.

Dehors, les explosions avaient cessé. Ce silence était un avant-goût de paradis.

– Le drapeau ? demanda une voix.

Les sept autres se redressèrent dans la paille.

Ils se regardèrent.

– Où est El Fassi ?

S'ils se trouvaient là, c'est qu'un mois plus tôt, ils avaient survécu à la plus sanglante des batailles, un peu plus haut, dans les Ardennes. Alors, ils n'allaient pas laisser l'un des leurs au coin d'une forêt de Lorraine.

– Perle ?

Un jeune soldat s'était levé dans la paille.

Le lieutenant l'interpella à nouveau :

– Vous faites quoi, Perle ?

– Je pars chercher le brigadier El Fassi, mon lieutenant.

La section venait de se battre huit heures de suite autour d'une rivière pour ralentir l'avancée des blindés allemands. C'était la mission confiée aux cavaliers face à l'envahisseur. Gagner du temps. Ils avaient fini par céder et étaient venus s'écrouler derrière ces murs d'un mètre d'épaisseur pour reprendre quelques forces.

– Je vous rejoindrai à l'arrière, ajouta le soldat Perle.

– Non, vous restez avec nous.

– Il a notre drapeau, mon lieutenant.

Le lieutenant parut moins assuré. Il voyait les yeux de son jeune soldat dans l'ombre. Ils avaient égaré leur drapeau.

Bien sûr, le brigadier dont ils venaient de découvrir la disparition était bien plus que le porte-drapeau du groupe. Brahim El Fassi était un vieux soldat héroïque et barbu qui ressemblait à un prophète et prenait soin de tous sans jamais prononcer un mot. Au fond du désert, il laissait boire son cheval avant lui à sa gourde. Mais sur le champ de bataille, plus personne ne s'appelait El Fassi ou Perle, et le drapeau valait au moins cinquante hommes. Ce fut donc seulement pour le drapeau perdu que le lieutenant céda.

– Abandonnez avant la nuit si vous ne trouvez rien. Ne jouez pas au héros.

Joshua Perle était déjà sur son cheval, un autre spahi lui ouvrit grand la porte. Il laissa derrière lui, dans l'étable, un nuage de poussière et de foin.

Il était huit heures du soir mais il eut tout de suite l'impression d'entrer dans la fournaise. Le corps de ferme incendié fumait encore à côté. La terre était surtout brûlante du soleil qui, ce deuxième jour de l'été, avait frappé toute la journée.

Les premiers soldats qu'il croisa une heure plus tard étaient aussi des cavaliers. Ils étaient menés par un jeune sous-lieutenant qui galopait comme un jockey, les genoux remontés presque jusqu'aux épaules.

– Vous êtes perdu ? demanda-t-il à Perle en ralentissant à sa hauteur.

– Je cherche un brigadier du 2ᵉ spahis. Il doit porter un fanion.

Les spahis n'avaient pas besoin de drapeau pour être reconnus. Ils avaient toujours l'air sortis d'un bal des Mille et Une Nuits.

– Restez avec nous, dit l'officier à Perle. Il va faire nuit.

Perle remercia mais se déporta sur la droite et s'attaqua à la colline qui montait au-dessus d'eux. Arrivé au sommet, il réalisa qu'il était entouré de bois. Il ne découvrit pas la vue plongeante qu'il avait espérée. Pour dominer la vallée en entier avant la tombée de la nuit, il fallait qu'il prenne plus de hauteur. Il sauta de son cheval et s'approcha d'un arbre. C'était un hêtre à l'écorce lisse comme du cuir mais en quelques secondes il avait grimpé les premières branches. Désorienté, le cheval tournait sur lui-même en cherchant par où avait disparu son cavalier.

Perle atteignit la cime de l'arbre et sortit la tête du nuage vert que formait le feuillage autour de lui. En regardant au loin, il vit immédiatement des uniformes d'un vert moins tendre qui se déplaçaient au pied de la colline. Il reconnut les chars allemands.

L'ennemi avait donc franchi toutes les barrières. Il y avait de grandes chances pour que le brigadier et son drapeau aient été écrasés sur leur passage.

Perle se retourna du côté de la clairière. Quelqu'un courait vers l'arbre où il se trouvait. Il pensa un instant que cela pouvait être El Fassi, mais il regarda avec plus d'attention. C'était encore un de ces combattants égarés par le désordre de la guerre. L'homme qui courait était allemand. Il n'avait aucune arme sur lui. Les batailles n'avaient plus rien de rangé comme les collections de petits soldats sur les étagères. Elles surgissaient de tous côtés, elles tombaient du ciel, sortaient de terre ou dévalaient les collines sans prévenir.

Perle commença à descendre les branches qui se dérobaient sous ses pieds dans la pénombre. Il se trouvait encore dans le cœur de l'arbre quand il entendit un hennissement. Il baissa les yeux et devina que le soldat avait sauté sur son cheval et le bourrait de coups de talon.

Le cavalier hurlait comme un Indien voleur de chevaux.

Perle hésita à se laisser tomber. Il était trop tard.

Le cheval s'était emballé. Le bruit du galop s'éloignait déjà.

Perle se retrouva dans l'herbe. Il s'appuya sur le tronc de l'arbre pour prendre la mesure de ce qui lui arrivait. Sans son cheval, il n'avait plus qu'à espérer que la nuit tombe très vite.

Mais il fallut quelques minutes à peine pour que le cavalier réapparaisse dans la clairière. Il n'était plus seul. Deux motos allemandes le suivaient en bondissant. Le voleur avait appelé des renforts.

Perle se mit à courir sans espoir dans la prairie. Le bourdonnement des moteurs se rapprochait. Des coups de feu éclatèrent. Il voyait la mitraille soulever la terre autour de lui. Alors, comme une apparition divine, un cavalier surgit au loin devant lui, sorti des profondeurs de la forêt. Ce cavalier brandissait au vent le drapeau du 2e régiment de spahis marocain. La cape blanche dans la lumière du soir, le turban impeccable, il portait une barbe de vieux prophète.

Le brigadier El Fassi lança son cheval à contresens, fit une boucle au grand galop dans la clairière, revint vers Perle et l'attrapa en passant comme la poupée d'un manège. Les motos étaient juste derrière eux, les explosions redoublèrent, mais Perle s'accrochait à son compagnon. Le cheval sauta deux arbres couchés dans l'herbe. Ils entrèrent dans la forêt.

La chevauchée parut d'abord glorieuse. Ils filaient entre les arbres. Les poursuivants avaient abandonné la bagarre. Le vacarme s'éloignait. Cette fois, la nuit tombait vraiment. Perle, enlacé à son camarade, crut qu'ils étaient sauvés. La fraîcheur l'enivrait et lui rappelait les forêts de son enfance.

Il sentait sous lui que le cheval était encore vaillant. C'est du côté du cavalier qu'il eut soudain des doutes.

Le drapeau était encore haut, mais celui qui le portait paraissait lentement s'affaisser sur son cheval.

– Brigadier ?

Un vague soupir lui répondit. Le corps commença à glisser sur le côté. Perle le retint de toutes ses forces. Il attrapa les rênes et fit ralentir le cheval.

– Vous êtes blessé, Brahim ?

– Peut-être.

Ils franchirent la lisière à cet instant et la lune révéla une énorme tache de sang qui s'élargissait sur sa cape blanche. Une balle avait atteint le porte-drapeau à la poitrine pendant le sauvetage.

Seuls les bras de Perle le faisaient encore tenir. Tout son corps s'était relâché, à part la main qui s'accrochait désespérément à la hampe du fanion.

– Laissez-moi ici, dit Brahim.

Perle comprit qu'ils ne pourraient pas aller beaucoup plus loin. Il fit descendre le cheval vers un ruisseau qu'il entendait plus bas. Ils suivirent pendant quelques minutes le fil de l'eau qui scintillait sous la lune. Les fers résonnaient sur les galets.

Ils s'arrêtèrent sous un grand pont de pierre au-dessus duquel devait passer une route ou une voie ferrée. Perle coucha le blessé au bord de l'eau, à l'abri de l'arche du pont. Il déchira le vêtement avec son couteau de combat. Il lui libéra l'épaule et la poitrine. En le soulevant légèrement, il découvrit que la balle l'avait traversé. Il sentait la plaie des deux côtés. Le soldat continuait à respirer sans se plaindre. C'était si près du cœur que Perle pensa que tout était fini.

– Il faut juste que je passe la nuit, dit Brahim qui n'avait pas l'habitude de faire de si longs discours. Si je passe la nuit, je reviendrai.

On entendit d'abord le cheval qui frissonnait, les sabots dans l'eau. Puis le premier coup de tonnerre explosa. Le brigadier fit un sourire quand il comprit que ce n'était pas le bruit de la guerre.

La pluie commençait à tomber des deux côtés de l'abri. Perle confectionna un bandage avec des lambeaux de sa chemise. Si la balle était ressortie, il n'y avait rien d'autre à faire qu'attendre.

Il mit sa cape sur son camarade puis il se coucha à côté de lui. Ils écoutèrent la pluie tomber. Une pluie d'été, lourde comme une cascade. Les éclairs illuminaient leur abri. À chaque coup de tonnerre, Joshua Perle se souvenait de la nuit où il était passé d'un monde à l'autre. Son compagnon allait-il faire un chemin inverse ce soir-là ?

Au bout d'une heure, il entendit la respiration du blessé devenir plus rauque. Il se leva, mouilla le drapeau dans le ruisseau, à ses pieds, pour lui poser sur les yeux et le front.

– Dites-moi quelque chose, dit l'homme.

L'ironie du sort avait rassemblé cette nuit-là les deux soldats les moins bavards de la France et de son empire. Perle ne savait pas quoi dire. L'autre poussa un gémissement qui fit penser à Perle qu'il ne pouvait se taire. Perle lui devait la vie. Il allait devoir adoucir sa mort.

– Dites quelque chose.

Perle chercha donc au fond de lui ce qu'il avait de plus précieux.

– Je suis né loin d'ici, dit-il.

– Moi aussi, articula le brigadier qui pensait à un petit village sous les sables à des milliers de kilomètres de là.

Il était minuit.

Joshua Iliån Perle lui parla jusqu'à l'aube.

Il lui raconta tout. Même ce qu'il s'était juré de ne jamais révéler.

À l'aube, le brigadier était encore vivant.

Une division blindée allemande ramassa le 23 juin au matin deux soldats errants avec un seul cheval près de la colline de Sion. L'un des deux, veillé par le second, fut soigné dans une infirmerie de fortune puis ils furent envoyés ensemble dans un camp de prisonniers en Westphalie.

En France, les combats avaient cessé. La guerre était perdue, le pays occupé.

14

L'écaille de Kozowski

La lettre commençait par *Notre Joshua* et cela émut beaucoup le prisonnier qui l'avait ouverte, debout contre son baraquement, les pieds dans la neige. Jacques Perle avait dû être aussi ému en écrivant ces mots, assis dans la petite salle à manger parisienne à côté de sa femme. Le crayon entre les doigts, il devait sentir la chaleur du four contre lui et l'odeur de la farine de marron dans le pain.

Notre Joshua,

Il y a deux semaines que nous avons reçu ta lettre. Nous n'avons pas beaucoup dormi pendant tout ce temps. Quand l'enveloppe est arrivée, avec ce nom écrit derrière, j'ai cru que j'allais mourir à mon tour. J'ai attendu le soir pour l'ouvrir. Aujourd'hui, nous te répondons parce que c'est Noël. Tu sais que la boutique est fermée. Nous sommes tous les deux en robe de chambre. C'est drôle. Il est presque midi.

J'ai écrit notre Joshua parce que tu me le demandes pour

les gardiens qui lisent les lettres des prisonniers. (Bonjour, messieurs.) Mais je l'écris maintenant encore pour le plaisir, parce que c'est doux sur le papier. Cher Joshua, notre petit, ne crois pas que ta lettre nous a fait de la peine. Ne le crois pas.

Les yeux du prisonnier se mouillèrent un peu. Il avait écrit aux Perle juste avant l'hiver à cause d'un homme avec lequel il avait travaillé dix jours à nettoyer la citerne du camp. Ils étaient les deux seuls soldats à parler français dans cette corvée. L'homme avait tellement de plaisir à retrouver sa langue qu'il n'avait pas cessé de raconter sa vie, du premier au dernier jour passés dans la boue. Il disait que ses parents lui demandaient de ne pas revenir et de rester en captivité le plus longtemps possible. Sa famille tenait un hôtel dans le nord de la France. Ils étaient juifs. Ils avaient eu des problèmes avec la police. Mais on les laissait tranquilles à cause de leur fils prisonnier de guerre en Allemagne.

Tant qu'il croupissait dans ce camp, mangé par les poux, le bel établissement resterait ouvert avec le piano dans le hall et la vue sur la rivière depuis la salle du petit déjeuner. L'homme disait que cela lui convenait, qu'il avait juste peur de mourir du typhus avant la fin de la guerre.

– Si je meurs, l'hôtel ferme.

En entendant cette histoire, Joshua avait pensé à la Maison Perle. Il n'avait jamais écrit depuis le début de la guerre pour ne pas devoir inscrire son nom sur le courrier et révéler à Jacques et Esther Perle qu'il s'était glissé dans l'uniforme de leur fils mort. Mais tout à coup, il s'était dit qu'il pourrait les aider à son tour en faisant savoir qu'un certain Joshua Perle, soldat méritant, était prisonnier depuis presque deux ans parce qu'il avait combattu pour la France.

Oui, continuait la lettre de Jacques Perle, *les gens de l'administration ne nous rendent pas la vie facile en ce moment, mais je fais confiance à mon vieux pays. Qu'ils ne croient pas qu'ils vont se débarrasser de nous !*

Pour l'instant, donc, je n'ai pas envie de parler de toi à la préfecture comme tu me l'as conseillé. En leur disant que j'ai un fils en captivité, j'aurais l'impression de ne pas être correct. Et puis finalement, la boutique marche encore. Il y a des gens tellement plus malheureux. Je te mets dans l'enveloppe une photo de la vitrine avant Noël, la semaine dernière, pour que tu ne t'inquiètes pas. C'est le pharmacien qui a fait la photo pour toi. Regarde si c'est beau.

Et en effet, Joshua sortit une photo qu'il n'avait pas remarquée dans le fond de l'enveloppe, avec la Maison Perle tout éclairée sous la neige et encore un autre petit mot rassurant dans le coin.

> *Bientôt Noël. Tu vois !*
> *Les affaires sont bonnes.*
> *Le magasin va bien, etc.*

Dans la lettre, Jacques Perle avait aussi toutes sortes d'attentions pour le prisonnier : il disait qu'il allait préparer un colis avec des affaires chaudes et des guimauves pour ses camarades. Il faisait la liste des quelques parfums de

guimauves qu'ils continuaient à fabriquer malgré le ration-
nement. Il parlait de sacs de noix qu'il avait trouvés par
miracle à l'automne dans l'arrière-boutique, un matin, et
qui avaient sauvé la saison. Il y avait aussi les amandes de
la ferme Pilon qui n'avaient jamais été aussi bonnes.

Il parlait enfin d'une employée qui s'était présentée en
septembre et qui leur était précieuse dans cette situation
où ils se trouvaient depuis le départ du petit.

*Elle travaille si bien, elle est si gentille, que Mme Perle veut
bien sûr te la présenter à ton retour. Je l'avais mise sur la photo
pour que tu la voies. Elle était assise sur les caisses, mais elle
a dû s'échapper avant que le docteur prenne la photo, comme
font les filles. Elle aime que je lui parle de toi. Et j'ai oublié
de te dire qu'elle est très belle.*

Joshua voyait en effet des pas dans la neige autour des
caisses.

À la fin, il y avait quelques lignes dans lesquelles, avec
des mots volontairement entortillés pour égarer les gardiens,
Jacques Perle disait sa hâte de le voir revenir, de lui parler
et de comprendre pourquoi il était parti ainsi en emportant
le nom d'un enfant mort.

Joshua replia la lettre. Malgré le froid qui lui brûlait les
doigts, il se sentait bien. Il n'avait plus l'impression d'être
un imposteur. Il glissa l'enveloppe dans sa poche.

C'était le début du mois de février. Il venait de vivre de
longues saisons dans le stalag. Il travaillait pourtant à l'extérieur, surtout en forêt. On emmenait des groupes transporter

des troncs d'arbres. La plupart des prisonniers du camp étaient polonais. Ils crevaient de faim, nourris d'une soupe claire comme l'eau de la pluie. Les Français étaient un peu mieux traités par les gardes allemands mais la faim, la maladie, les puces, la violence, rendaient la vie difficile.

Joshua Perle rejoignit sa chambrée. Il y avait le long des murs des colonnes de trois lits superposés. Il alla s'asseoir au fond, sur le rebord du lit le plus bas.

– J'ai reçu une lettre, dit-il à une ombre qui était allongée de l'autre côté du couloir.

Brahim se retourna. Un lien intense s'était noué entre eux depuis la nuit d'orage sous le pont. Joshua lui avait tout dit en croyant qu'il mourrait avec ce trésor. Il y a des récits qui aident à partir. Mais celui-ci avait agi comme une potion. Brahim avait dit : « Si je passe la nuit, je reviendrai. » La voix d'Iliån lui avait fait passer la nuit. Il était revenu.

Pendant plusieurs jours, dans un lycée de Nancy transformé par les Allemands en prison de transit et en hôpital, les deux soldats avaient eu du mal à échanger des regards, comme s'ils étaient gênés d'avoir survécu à cette longue nuit.

À présent, ils étaient devenus inséparables.Mais ils n'avaient jamais reparlé des révélations d'Iliån.

– C'est une bonne lettre ? demanda Brahim.

– Oui. C'est une bonne lettre.

Un léger mouvement dans sa barbe laissa percer la satisfaction du brigadier. Une bonne lettre. L'information lui suffisait.

Il se redressa et déroula le manteau qui lui servait d'oreiller. Il l'enfila.

On distribuait aux prisonniers des pièces d'uniforme dépareillées, arrachées aux champs de bataille. Mais il avait eu le droit de garder son turban de spahi.

Il se leva, fit signe à Perle de le suivre.

Ils enjambèrent des prisonniers qui jouaient aux cartes, sur le plancher du couloir, les mains gantées de laine.

Brahim El Fassi poussa la porte et sortit dans la neige.

Quand ils se retrouvèrent assez loin des baraques, Brahim commença à parler. Il articulait chaque phrase comme si c'était la conclusion d'un long développement.

— J'ai été à l'infirmerie pour ma blessure, vous savez.

Ils se vouvoyaient toujours, après tous ces mois à partager les mêmes misères. C'était peut-être une façon de maintenir sous les décombres quelques restes de civilisation.

— Vous avez mal ?

— Pas beaucoup.

Perle savait qu'il mentait. Il souffrait chaque nuit et dormait avec le cuir de sa ceinture entre les dents pour qu'on ne les entende pas grincer.

— Mais le docteur parle français, dit Brahim. C'est un Alsacien. Il connaît aussi mon pays. Il me raconte des choses. J'aime ça.

Par miracle, Perle n'avait pas encore eu à fréquenter l'infirmerie du camp. Il avait de la peine à croire qu'on puisse s'y rendre pour le plaisir. Brahim continua, parlant comme jamais :

— Il m'a montré un Polonais qui vient le voir tous les matins pour ses poumons.

Il laissa passer un silence.

– C'est un prisonnier mais il travaille pour les gardes du camp. Il fait la police pour tout son bloc. Même le docteur a peur de lui.

Perle écoutait la voix basse de Brahim.

– Il s'appelle Bartosz Kozowski. Ils l'appellent tous Kozo.

Ils marchaient en silence le long du grillage et croisèrent une dizaine d'hommes qui portaient des piquets et des sacs de ciment. Quand ils les eurent dépassés, Perle demanda :

– Si vous avez besoin de moi…

– Non.

– Pourquoi vous me parlez de ce Polonais ?

– Je ne devrais pas. Il remplit le cimetière du camp avec ceux qui se mettent sur son chemin.

Brahim regardait autour de lui pour voir si les groupes de prisonniers étaient assez loin. Il jeta un coup d'œil au mirador. D'une voix encore plus basse, il dit :

– Kozo porte quelque chose autour du cou. C'est le docteur qui me l'a dit. Et…

– Et ?

– C'est une écaille de sirène.

Perle s'arrêta.

– Elle est attachée à un cordon en argent. Il l'a montrée au docteur qui dit qu'il n'a jamais vu quelque chose comme ça.

Ils étaient au bout des barbelés face à un hangar en briques.

Brahim regardait son ami dans les yeux.

Pour la deuxième fois de sa vie d'exil, Perle sentait passer dans son dos le courant d'air qui le reliait à son ancien monde. La première fois, c'était en découvrant le livre de contes, une nuit de Noël dans la Maison Perle.

Plus loin, un petit homme avec un manteau trop grand pour lui sortit du hangar en toussant. Il neigeait. Brahim El Fassi observait son compagnon, à côté de lui. Perle avait dans l'œil l'éclat gris d'une écaille de sirène.

L'homme qui venait de sortir continuait à tousser en se pliant en deux. Il était encadré de deux gardes armés. En les voyant approcher, Perle se demanda où ils emmenaient ce pauvre homme.

Dans le cauchemar de ce camp de prisonniers, il avait toujours pensé à s'évader. C'était une obsession. Il savait maintenant qu'il ne partirait pas sans avoir percé le mystère que lui révélait son ami. Pour lui, la seule véritable évasion était celle-là. Celle qui le ramènerait chez lui. Si elle existait bien, l'écaille de Kozowski avait emprunté le passage. Il y avait un chemin entre ce monde et celui des féeries.

L'écaille le conduirait forcément aux royaumes.

– Où est le docteur ? demanda Perle.

– Là, dans ce hangar.

– Et Kozo ?

– Juste derrière toi.

Le petit homme maladif passa tout près d'eux avec ses deux gardes du corps. Il cracha dans la neige.

Perle eut le temps de voir son visage.

15

Comme un petit serpent

Dès le lendemain, Joshua Perle fut transporté à l'infirmerie. Il avait l'air sonné. Un hématome recouvrait une partie de son visage. Brahim avait fini par céder à sa demande en acceptant de lui envoyer son poing dans la figure.

Et il ne l'avait pas raté.

Au bout du camp, la salle du hangar ressemblait à un mouroir. On avait pourtant isolé dans d'autres bâtiments les cas les plus graves, ceux qui souffraient de la tuberculose ou du typhus.

On poussa Perle sur le côté pour lui faire attendre le seul médecin qui parlait français.

Il patienta longuement, assiégé par l'odeur d'éther et les plaintes des malades. Des gardes allemands passaient entre les rangées de lits.

Le docteur finit par apparaître.

– Bagarre ?

– Oui.

Il examinait l'œil en soulevant la paupière avec le pouce.

– Qui a fait ça ?

Perle se taisait.

– Tu peux répondre. Je ne dirai rien à personne. Je suis un prisonnier comme toi. Qui t'a frappé ?

– C'est un soldat qui s'appelle Brahim.

Le docteur fronça le nez.

– Je le connais. Il ne frappe pas.

– Sauf quand un ami le lui demande poliment.

Cette fois, il éloigna ses mains du visage de Joshua Perle. Celui-ci continua :

– Je suis venu vous parler de Bartosz Kozowski.

Le docteur regarda les malades qui semblaient endormis sur leurs paillasses autour de lui.

– Si c'est la cornée, il faut regarder à la lumière du jour.

Perle le suivit vers la porte. L'homme murmurait en marchant :

– Il est plus puissant que moi.

– Je sais.

– Il dîne souvent chez le directeur du camp. Il a payé cher son pouvoir.

– Avec quoi ?

Un soldat allemand passa près d'eux.

– Comment ?

– Avec quoi il a payé ?

Le médecin haussa les épaules.

– Kozo détourne les colis des Français, répondit-il.

Seuls les Français avaient le droit de recevoir des colis à cause d'une entente entre les gouvernements des deux pays.

– On n'achète pas le patron d'un camp avec des boîtes de sardines.

Le docteur regarda Perle fixement.

– Alors, ton ami t'a dit ?

– Oui.

Il n'y avait que le regard de Joshua Perle, la pureté de sa voix, qui pouvaient expliquer les confidences d'un homme qui ne le connaissait pas quelques instants plus tôt.

Ils venaient de sortir du hangar.

– Et si l'écaille est fausse, demanda Perle.

– Je l'ai vue, autour de son cou…

Le docteur baissa le regard et parut plus lointain.

– J'ai beaucoup voyagé, continua-t-il. J'ai suivi des archéologues. Je les soignais en Égypte et ailleurs. J'ai connu des trésors. Mais cette fois, je sais que ça ne vient pas de ce monde.

Le docteur semblait encore habité par la vision de l'écaille.

– Il vous fait peur ? demanda Perle.

– Je vois passer ici les restes de ceux qu'il n'aimait pas. C'est une bonne raison d'avoir peur.

Il hésitait à poursuivre.

– Il y a quelque chose de plus grave.

Cette fois, il fit un tour sur lui-même pour être sûr que personne ne se cachait dans la neige boueuse. Il chuchota :

– Kozo est malade. Je suis le seul à savoir. Il ne veut pas être enfermé au bloc T, le bâtiment des tuberculeux. Il est en train de contaminer tout le camp.

– Je peux vous en débarrasser si vous m'aidez.

Le docteur rentra dans le hangar. Perle le suivait. Ils passaient près des lits des malades.

— Alors ? demanda Perle quand le docteur s'arrêta enfin devant une bassine pour se laver les mains.

— Alors, l'œil n'a pas l'air touché. Mais je vais faire un pansement. Revenez demain. On ne sait jamais.

Perle revint le lendemain. Et déjà, il était parvenu à obtenir son changement de dortoir et de baraquement. Après la bagarre avec le prisonnier El Fassi, il ne voulait plus avoir aucun contact avec lui. La mise en scène de cette séparation fut très douloureuse pour les deux amis mais elle était indispensable à leur plan.

Kozo ne devait pouvoir imaginer aucune complicité entre eux.

Car trois jours plus tard, dans sa consultation secrète du petit matin, le docteur apprit au redoutable Bartosz Kozowski qu'un prisonnier connaissait sa maladie et menaçait de la révéler.

Le petit homme commença à blêmir.

— Vous l'avez laissé repartir ? demanda-t-il en le saisissant à la gorge.

— Un deuxième est aussi au courant. Il dira tout s'il arrive quelque chose au premier.

Kozo n'avait jamais été victime de ce genre de chantage. Il ne laissait à personne le temps de dicter ses conditions. C'était plus simple. Avec les deux pouces, il pressa un peu plus la carotide du docteur.

— Vous êtes son messager ?

– J'aurais pu me taire et ne rien vous dire.

– Sauf que si je tombe, vous tombez aussi.

– Une autre raison d'être avec vous, dit le docteur. J'ai peut-être laissé contaminer des hommes. Je suis coupable comme vous.

Kozo le laissa retomber sur sa chaise.

– Je ne suis coupable de rien, dit-il en s'essuyant les mains sur son manteau.

Ils étaient dans un minuscule bureau vitré, en haut d'un escalier, avec une vue plongeante sur les rangées de brancards.

Kozo toussa, appuya son épaule sur la vitre et laissa se remettre en marche la petite mécanique de son cerveau.

– Qu'est-ce qu'ils demandent ?

– Un plan d'évasion…

– Les chiens !

– Et autre chose…

– Quoi ?

– Ils veulent cela.

Le docteur tendait le doigt vers le centre de la poitrine de Kozo.

– Moi ?

– Non, l'écaille. Et savoir d'où elle vient.

Bartosz Kozowski se mit cette fois à tousser très fort en se tenant des deux mains sur le mur. Puis il essaya plusieurs fois de poser une question qui restait engluée au fond de ses poumons. Une question qu'il parvint enfin à dire dans un souffle :

– Qui est-ce ?

– Il s'appelle El Fassi. Brahim El Fassi.

Pendant les jours qui suivirent, Perle vit que Brahim était suivi de près par une petite troupe de Polonais qui observaient le moindre de ses mouvements.

Ils devaient être assez déçus de leur filature. Brahim avait été réquisitionné pour la réparation d'un toit détruit par le poids de la neige. Il n'adressait la parole à personne, ne cessait jamais de travailler. Les hommes qui le suivaient avaient la consigne de démasquer celui qui pouvait être son complice. Mais à vrai dire, pour l'instant, El Fassi n'avait pas d'autres complices que son marteau et son sac de clous.

Joshua Perle le surveillait à distance, ému de ce que son ami avait accepté de faire pour lui. Il y avait entre eux depuis longtemps une solidarité sans calcul. Ils ne cherchaient même plus lequel des deux s'était risqué pour l'autre en dernier. Ils avaient juste l'impression de faire ce qu'ils avaient à faire.

À neuf heures du soir, au moment où Perle allait rejoindre son dortoir, il croisa Brahim tiré par deux hommes. Ils n'osèrent pas échanger un regard. Perle ne put dormir cette nuit-là. Depuis l'heure du couvre-feu, il avait l'impression d'entendre des cris à l'autre bout du camp.

À l'aube, pourtant, Brahim était au travail sur son toit avec ses outils et ses planches de pin.

Cette fois, en passant dans l'allée, au rythme rassurant du marteau, Perle risqua un sourire. L'autre n'y répondit pas. Cela troubla Joshua. Mais il repéra aussitôt un jeune homme à bonnet posté à quelques mètres de là et qui ne quittait pas Brahim des yeux. Il comprit que la situation n'autorisait aucun faux pas. Un sourire pouvait leur être fatal. Le pacte qui les liait devait rester invisible.

À l'infirmerie où il alla refaire une dernière fois le pansement de sa blessure guérie depuis longtemps, Perle apprit ce qui s'était passé pendant la nuit. Le docteur avait assisté à tout.

Brahim était arrivé à la nuit tombée, conduit par deux Polonais immenses. Kozo attendait derrière le hangar, près d'un tas de charbon. Il avait demandé à ses hommes de s'éloigner. Le docteur se tenait à côté de lui.

Kozo montra à Brahim le charbon entassé.

– Si je t'enterre là, personne ne s'en rendra compte avant le printemps.

Il parlait parfaitement le français.

– Non, répondit Brahim tranquillement.

Kozo s'approcha de lui. Brahim, les mains dans les poches de son manteau, continua :

– Si vous m'enterrez là, vous serez enterré un peu plus loin bien avant le printemps…

L'assurance qu'il mettait dans chaque mot faisait oublier son accent du désert.

– Les tuberculeux ne survivent pas quinze jours quand on les enferme au bloc T.

Kozo frémit.

– Qui me dit que tu as vraiment un complice ?

– Moi.

– Et si tu mens ?

El Fassi haussa les épaules.

– C'est un risque à prendre. Vous avez aussi le droit de me tuer et d'attendre de voir ce qui se passe.

Kozo sentait les mailles du filet tout autour de son corps. Les pièges les plus simples sont les plus mortels. Il ne pouvait pas toucher un cheveu sous le turban de cet homme, sans qu'ailleurs, dans ce camp, un autre se lève et propage la rumeur. Le lien tendu entre Brahim et l'inconnu les rendait invincibles.

— Tu mens, dit Kozo. Je sais que tu mens.

Brahim ne répondit pas. Le docteur suivait la scène avec un mélange de terreur et de gratitude. Tant qu'il avait été le seul à savoir, il n'avait rien pu faire contre Kozowski. Mais les deux amis allaient peut-être enfin débarrasser le camp de cet homme.

— Et l'écaille ? demanda Kozo.

— Je veux savoir d'où elle vient.

On ne distinguait que le cordon d'argent qui passait dans le col du manteau, sous l'oreille de Kozowski.

— Alors ? demanda Perle au docteur qui racontait la rencontre en lui retirant son pansement.

— Rien. Il n'a encore rien révélé.

Le docteur, penché sur le visage du garçon, remarqua sa pâleur. Pourquoi s'intéressait-il à cette écaille de sirène ?

— Ne vous occupez pas de ces choses, conseilla-t-il à Perle. Dans les pyramides d'Égypte, j'ai vu des hommes se perdre en cherchant à toucher les mystères avec leurs mains. Faites attention. Ce qui vient d'ailleurs peut faire mourir.

Joshua Iliån Perle se taisait. Comment parler à cet homme de son royaume et de l'amour qui l'y attendait peut-être ?

Iliån avait été abandonné dans les grands bois de notre planète. Et les petits cailloux ou les écailles venus d'ailleurs dessinaient le seul chemin pour son retour.

Le soir même, à minuit, on vint frapper à coups de botte dans les portes du baraquement. Perle se redressa sur son lit. Il faisait froid. Autour de lui, les hommes commençaient à s'habiller. Un gardien allemand hurlait une liste de prisonniers.

Un chêne centenaire s'était abattu sur la voie ferrée à quelques kilomètres du camp en emportant dix arbres avec lui. Le train de voyageurs qui venait de Berlin était bloqué sur les rails. Des prisonniers devaient partir en urgence libérer la voie.

Perle entendit appeler son matricule. Il se leva et chercha ses chaussures dans la pénombre. Quelques prisonniers seulement étaient debout avec lui. Il s'étonnait que la convocation concerne la moitié à peine de son dortoir. Habituellement on ne faisait pas dans le détail et les réquisitions se faisaient par baraques entières.

Quand il se retrouva dehors, il vit d'autres soldats qui sortaient des différents bâtiments à la lumière des projecteurs. On rangea les prisonniers quatre par quatre, sur une colonne. Ils devaient être une trentaine, gardés par douze soldats et des chiens.

Les scies et les haches avaient déjà été chargées dans deux camions. Ils grimpèrent à l'arrière sur les banquettes en bois.

Alors, au milieu de l'agitation, il aperçut Brahim qui montait dans l'autre camion. Cette fois, il croisa son regard et vit qu'il posait sa main sur son cœur pour montrer quelque chose. Une lampe balaya à cet instant son visage et Perle vit apparaître sur son cou, comme un petit serpent, le cordon d'argent. Puis Brahim disparut sous la bâche du camion.

16

Le train

En longeant le train, pour rejoindre les arbres tombés, les prisonniers ne pouvaient pas s'empêcher de regarder l'intérieur des voitures à l'arrêt, comme des enfants devant la crèche de Noël.

Les lumières étaient toutes allumées. Les dames aux coiffures impeccables se serraient dans des couvertures. Des boissons fumantes passaient de main en main. Les hommes lisaient leurs journaux. On voyait des petits enfants endormis sur les filets à bagages au-dessus des fenêtres. Quelques vieux messieurs fumaient aux portes en regardant passer les ombres des bagnards.

Pour tous ces voyageurs, l'incident qu'ils vivaient était le sommet de l'inconfort et de l'aventure. Seraient-ils à l'heure chez leurs amis de Dortmund ? Devraient-ils économiser les cigares pour tenir jusqu'à la prochaine gare ? Comment ne pas trop inquiéter les enfants ? Ils ne pouvaient imaginer qu'au même instant, ces prisonniers qui passaient songeaient à l'espoir d'un croûton de pain dans la soupe du lendemain, ou à la meilleure façon d'écraser une puce entre deux doigts gelés.

Deux mondes se frôlaient en silence dans la nuit.

Mais Joshua Perle n'avait même pas jeté un coup d'œil aux wagons. Il regardait à vingt mètres le turban de Brahim. Il devait réussir à lui parler. Les hommes autour de lui marchaient en file indienne dans les cailloux de la voie ferrée. Dès qu'ils s'éloignaient, ils s'enfonçaient dans la boue.

Tous avaient entendu le mot «sabotage» prononcé en allemand par deux passagers à une fenêtre. En arrivant au milieu des arbres qui barraient la voie, la rumeur se confirma.

Le grand chêne avait été coupé net à son pied. C'était forcément un acte terroriste. Heureusement, le train venait de ralentir à cause d'un passage à niveau. Il avait réussi à s'arrêter à temps.

Déjà on entendait les haches s'abattre sur les troncs. Perle vit que Brahim avait pris une scie. Il enjamba une branche pour le rejoindre. C'était une grande scie qui nécessitait une paire de bras de chaque côté. Mais Brahim s'était précipité sur un autre camarade désœuvré. Perle comprit l'avertissement. Ils ne devaient toujours pas être vus ensemble.

On entendait aboyer les chiens autour de la sciure et des copeaux du chantier. Les gardes encerclaient la trentaine d'hommes éclairés par les phares de la locomotive.

Perle avait pris une hache. Le travail avançait vite. Les tronçons étaient aussitôt roulés dans le fossé.

Brahim se retrouva soudain à côté de lui à tirer le même grand plumet couvert d'épines.

– À droite, regardez.

Perle tourna la tête.

– Le garde qui tient les deux chiens est averti, poursuivit Brahim. Il va nous laisser passer. Il y a une maison forestière à cinq cents mètres avec des vêtements et une carte.

Perle répondit entre ses dents :

– On ne doit pas croire Kozo. Il faut partir dans l'autre sens.

– Il ne peut pas mentir. Il ne veut pas qu'on soit rattrapés. Sinon, il est mort.

La branche qu'ils traînaient s'accrochait aux ronces.

– Pourquoi lui faire confiance ?

– J'ai l'écaille sur moi.

– Où l'a-t-il trouvée ?

– Je vous raconterai tout.

Ils approchaient d'un tas de branchages au bord du fossé. L'endroit était à l'écart des faisceaux de lumière. Un garde se tenait donc là avec deux chiens qui tiraient sur leurs chaînes en haletant.

– Faites comme moi.

Ils firent quelques pas de plus, soulevèrent la branche de pin pour la faire basculer. Avant qu'elle ne retombe, Brahim plongea dans la broussaille du tas. Perle le suivit. Les chiens grondaient, retenus par le soldat qui détournait le regard.

Les deux fugitifs rampaient sous le feuillage et les épines. Ils entendaient derrière eux les coups de hache, les cris, mêlés à la respiration du train. Brahim sortit le premier, de l'autre côté. La voie était libre. Il tendit la main à Perle qui se releva à côté de lui. Les premiers arbres les attendaient à deux pas.

Ils couraient maintenant l'un à côté de l'autre dans la nuit. Perle pensait aux secrets que Kozo avait révélés à Brahim. D'où venait cette écaille ? Existait-il un passage vers les royaumes ? La réponse détalait près de lui entre les troncs.

— Qui a fait tomber les arbres sur la voie ? demanda Perle.

— C'est lui. Il a tout préparé.

Une faible lumière brillait devant eux dans les bois. Perle ralentit sa course.

— On nous attend ?

— Il a juste fait mettre une lampe dans la maison.

Perle aurait préféré couper dans une autre direction. Partir.

L'écaille, le secret et la liberté : c'était trop d'un coup. Ils ne pouvaient plus faire confiance à personne. Même pas à la chance.

— Attendez, murmura-t-il à son ami.

Ils s'arrêtèrent, essoufflés, sous les sapins. La cabane était au milieu d'une petite clairière, à quelques dizaines de mètres.

— Il faut se débrouiller avec ce qu'on a, dit Joshua.

— Tout se passe exactement comme il me l'avait dit. Il ne nous a pas menti jusque-là.

— Jusque-là, oui, mais…

— Il veut se protéger. Il nous éloigne de lui. C'est son intérêt.

En disant cela, Brahim El Fassi se rappelait la haine qui luisait dans les yeux de Kozo, mais il savait aussi qu'ils étaient à des centaines de kilomètres de la frontière française et qu'ils ne parlaient pas l'allemand. Que faire sans carte ni boussole et avec ces vêtements ?

– On peut y arriver, dit Perle.

Là-bas, à la fenêtre de la cabane, la petite lumière brillait.

– Regardez-moi, dit gravement Brahim. Regardez-moi bien.

Malgré la nuit, Perle devinait le visage buriné de son ami, ses yeux aussi sombres que sa peau. Comment traverser l'Allemagne en 1942 avec ces traits de vieux prophète ?

– Alors ? Vous y croyez encore ?

– Je connais les forêts, dit Joshua Perle, je sais me cacher, traverser les fleuves, trouver les chemins invisibles. Je vous conduirai. Je vous promets que nous y arriverons.

Il fit un geste vers lui. On entendait au loin le sifflet du train qui devait repartir. Mais Brahim n'était plus là. Il s'était élancé dans la clairière. Quand Perle voulut le suivre, une rafale de mitrailleuse fit exploser les vitres de la cabane et balaya la prairie.

Perle vit son ami se soulever de terre et retomber. Les flammes de la mitrailleuse jaillissaient par la fenêtre. Les balles passaient et repassaient sur le corps tombé dans les herbes. Perle était resté paralysé. Il vit le canon basculer et commencer à mitrailler vers lui avec la même intensité, faisant exploser l'écorce des arbres, retournant autour de ses pieds la terre et les feuilles couvertes de givre.

Il jeta un dernier regard au corps de Brahim qui émergeait des herbes. C'était fini. Il comprit qu'il n'y avait rien d'autre à faire que s'enfuir.

Des soldats sortirent de la cabane. D'autres arrivaient derrière lui avec des chiens. Mais Perle retrouvait ses réflexes d'animal traqué. Il bondit entre les arbres. Malgré la sueur qui brouillait sa vue, il savait exactement ce qu'il devait faire.

Oui, si Brahim l'avait écouté, Joshua l'aurait aidé à rentrer chez lui. Il avait échappé à d'autres chasses, à d'autres traversées impossibles. Il l'aurait reconduit vivant au fond de son désert, dans son village ensablé.

Des renforts arrivèrent du stalag. Les bois furent quadrillés, les routes bloquées à dix kilomètres à la ronde. Des barrages s'improvisaient à tous les carrefours. On alla chercher les habitants des villages pour ratisser la zone avec des fusils de chasse. Ils fouillèrent les abris, les taillis, les fossés. Mais le fugitif resta introuvable.

À cent kilomètres de là, le train traversait le brouillard. Le conducteur avait rattrapé une partie de ses deux heures d'arrêt en filant dans la nuit glaciale. L'aube venait. Les voyageurs étaient presque tous endormis. Joshua Perle les regardait, assis contre la vitre, habillé d'un costume en velours trop large qu'il avait trouvé dans la valise d'un passager de première classe.

Il s'était blessé à la main en se hissant dans le train en marche. Son poing était enfermé à l'intérieur de sa manche et sa tête pesait dessus. Il voyait les gouttes d'eau rouler horizontalement sur la vitre tout près de ses yeux. Il sentait l'odeur de cire de la banquette, l'eau de Cologne d'une voyageuse, comme dans la salle à manger de Mme Perle à Paris. Dans les bras d'une mère endormie, une petite fille le dévisageait sagement.

Il venait de perdre son seul ami et d'effacer la piste si fragile qui aurait pu le ramener à son royaume et aux couches englouties de sa mémoire mais il réalisait aussi qu'il avait déjà des souvenirs sur cette terre.

Les premiers soupçons de nostalgie.

C'est à cause de la douceur de certains instants dans notre monde qu'il se répéterait toute sa vie que, pour conserver en lui le désir de repartir, il devait garder son chagrin vivant.

17

Une passante

Iliån découvrait le bonheur.

Ils passaient des heures tous les deux à se suivre en silence dans les forêts, à attendre dans les branches les vols d'étourneaux. Ils apprenaient au petit puma à reprendre sa liberté en l'emmenant nager au milieu du lac. Pour Iliån, après une enfance de solitude absolue, la présence d'Oliå était une révélation. Il n'avait même pas besoin d'oser la regarder pour sentir à l'intérieur de lui l'horizon qui s'était déplié, deux fois plus large et plus doux.

Il avait pourtant décelé les ombres qui rôdaient par instants dans le regard d'Oliå.

– L'eau est claire ici.

– Oui.

– C'est le ruisseau de la source qui se jette dans le lac.

Pas de réponse d'Oliå qui nageait devant lui.

– Tu sens comme elle est froide ?

Elle avait plongé sous l'eau transparente vers des courants plus tièdes.

Iliån savait qu'Oliå était une fée. Il l'avait su au premier instant même si elle excellait à rendre ses dons invisibles, à les dissimuler dans les mystères ordinaires de la vie. Une averse au moment opportun, une roche qui se penche pour leur donner refuge. Iliån déchiffrait tout. Il avait entendu assez d'histoires. Son père lui avait décrit les fées et leur air indomptable. Elles tenaient tête aux mauvais rois et aux marâtres. Oliå était comme elles, mais avec en plus cette douleur secrète, ces fantômes, ce secret qui touchait le cœur d'Iliån.

Le bonheur aurait pu durer éternellement. Chacun était habitué aux existences clandestines. Ils se ressemblaient un peu. Ils parlaient rarement, écoutaient le vent, respiraient la terre. Parfois, les jours de tempête, ils marchaient l'un à côté de l'autre, penchés en avant, comme s'ils poussaient devant eux un mur d'air et de pluie. Puis ils faisaient de grands feux pour se réchauffer.

Ils n'auraient pas eu de mal à se faire oublier du reste du monde. Même le royaume ensanglanté qui assiégeait la forêt et le lac n'existait plus pour eux.

Iliån revenait au palais d'été, tard le soir, rêveur. Il prenait le bras de son père pour l'emmener marcher sur le ponton.

– Elle me regarde, disait le roi.

Iliån cherchait autour de lui dans la nuit. Son père voyait la reine partout, dans le rouge des braises ou la fuite d'un lézard. Cette fois, on pouvait croire qu'il y avait deux lunes à l'horizon, comme deux yeux ouverts à cause du reflet sur l'eau.

– Elle est couchée sur le lit. Elle me regarde.

Et les nuits nuageuses ou sans lune, le roi chuchotait :

– Laisse-la dormir, ce n'est pas la peine. Je l'ai tellement fait attendre. Je peux bien patienter jusqu'au matin.

Il ralentissait son pas comme s'il ne voulait pas réveiller la nuit. Puis il regardait le garçon.

– Je rentrerai seul à cheval. Va, petit. Tes parents doivent attendre.

Iliån savait qu'il n'y aurait plus jamais pour son père ni chevaux ni chevauchées. Mais les nuages, eux, passaient au galop devant la lune.

Quand il avait raccompagné son père dans sa chambre, Iliån allait s'asseoir à côté de Fåra.

– Tu t'en vas chaque jour un peu plus longtemps.

Le serviteur parlait en recousant une botte ou en taillant des épingles dans de petits os d'oiseau. On entendait le clapotis de l'eau qui se brisait sur les pilotis, en dessous d'eux.

– Je veux qu'un jour tu ne reviennes pas.

Il répétait cela chaque fois comme une prédiction. Il arrêtait son travail pour regarder Iliån. Il voyait bien que quelque chose avait changé dans sa vie.

Un soir, cela résonna même comme un ordre :

– On ne passe pas sa vie entière dans un trou.

Iliån répondit pour la première fois :

– Ce n'est pas un trou. Ou alors je m'y sens bien.

– Pensez aux larves qui grandissent dans le bois du ponton…

Iliån observait les mains de Fåra qui continuaient leur ouvrage pendant qu'il parlait.

– Si les larves ne sortent pas de leur trou, dit le serviteur, elles sèchent comme des grains d'orge et sont mangées par les oiseaux. Partez avant ce moment, Majesté.

– Et toi ? Et mon père ?

– Nous sommes trop secs, trop légers pour les oiseaux.

– Alors, qu'est-ce que vous attendez ici ?

– Le vent.

Iliån se coucha sur le tapis. Il regardait une étoile à travers les déchirures de la paille du toit. On entendait la respiration du roi sur son lit, dans l'alcôve.

– Ne vous occupez plus de nous, dit le serviteur.

– Fåra…

– Je pense à ce que votre père vous aurait demandé. À ce que votre mère doit crier en silence. Partez !

– Fåra, je dois te dire…

– Je ne veux rien savoir.

– Pourquoi ?

Fåra le regardait avec gravité.

– Ne laissez personne vous attacher à ces forêts. Il faudra les quitter.

Le garçon fermait les yeux. Fåra avait deviné l'amour secret qui retenait Iliån.

– Vous allez avoir quinze ans. L'âge où les princes peuvent devenir rois.

– Je n'ai pas d'âge. Je n'existe pas.

— Mais votre frère...

— Il n'a rien à craindre de moi. Je croyais que mon nom voulait dire « celui qui ne sera jamais roi ».

— Pour Iån, vous avez un autre nom. Un nom qui le fera trembler quand il saura que vous existez.

Cependant, à cet instant, le roi Iån, au milieu des bois, tremblait pour d'autres raisons. C'était la troisième fois qu'il la voyait.

La première fois, deux mois plus tôt, elle franchissait un pont de lianes, au-dessus de lui. Il était posté dans une crevasse et guettait le passage de deux insurgés qu'il chassait avec ses archers depuis plusieurs jours. Le jeune roi était resté seul pendant que les autres battaient les rives du lac. Soudain, en voyant se tendre les lianes du pont, il avait sorti son poignard. Mais c'était une jeune femme qui était apparue et avait traversé sans le voir. Une passante.

La deuxième fois, il n'était pas là par hasard. Il venait de vivre de longues semaines sans dormir, hanté par cette apparition. C'était au même endroit, un jour de brouillard. Il avait dû s'approcher un peu plus pour mieux distinguer son visage et elle s'était volatilisée dans les lambeaux de brume avant d'avoir passé le pont. Il avait alors mis dans le secret le capitaine de ses gardes, en le chargeant de découvrir son nom et l'endroit où elle vivait, sans en parler à Taåge ni à personne d'autre.

Les recherches de l'archer avaient été vaines.

Cette fois-là, cette troisième fois, il venait de rester plusieurs minutes à côté d'elle, à la regarder dormir près d'un feu presque éteint. Il n'avait eu besoin de l'aide de personne. L'odeur de ce feu, mêlée à l'instinct de chasseur, l'avait conduit vers elle. Il faisait froid. Elle dormait enveloppée dans une cape vert et or qui avait dû être somptueuse, aujourd'hui usée comme un vieux tapis de selle.

Sa tête était posée dans la mousse, sa peau clignotait avec les braises. Il la trouva éblouissante. Il était tout près d'elle, il n'arrivait pas à s'en aller. Il voulait être un autre, laver tout le sang sur ses mains pour être digne de cet enchantement, pour qu'elle n'ait pas peur en ouvrant les yeux. Pour la première fois, Iån aurait aimé lire dans un regard autre chose que de la terreur. Il ne la réveilla pas. Il recula sur la mousse, le cœur battant, comme on éloigne sa main d'un scorpion posé sur un drap.

Il retrouva son cheval, plus loin, dans les genêts. Il chercha à s'étourdir en galopant toute la nuit à travers les collines. Il passait dans des villages brûlés, croisait des familles errantes, faisait s'envoler les corbeaux dans les champs. Son royaume défiguré était comme un miroir devant lui et lui retirait tout espoir.

Il retourna dans son château. L'écuyer qui prit son cheval sur le pont-levis lui dit qu'un homme l'attendait depuis longtemps. C'était l'aurore. Le roi Iån ne l'écouta pas, monta l'escalier de pierre et s'enferma dans ses appartements plongés dans le noir. Il y resta barricadé jusqu'au soir, faisant taire ceux qui frappaient à sa porte.

Quand il approcha enfin de la fenêtre, à sept heures, quand il écarta le rideau, aveuglé par le soleil du soir, il savait qu'il allait tout donner pour cette jeune fille. Il renoncerait à son pouvoir. Il laisserait les clefs du royaume à Taåge s'il le fallait. Il déposerait les armes devant elle. Il abandonnerait tout pour partager un coin de cette cape ou se chauffer au même feu, au fond des bois.

Cette fois, il fit ouvrir la porte quand on frappa.

On lui annonça Arån, le capitaine de ses gardes qui demandait à le voir depuis la veille.

– Je n'ai plus besoin de lui.

Le majordome n'osa pas insister, il se plia en deux pour saluer son roi. Mais le capitaine était déjà apparu derrière lui.

– Majesté, laissez-moi vous parler.

Le majordome lui barrait le passage.

– Sortez, dit Iån. Je me suis débrouillé sans vous.

– Majesté, vous m'avez confié une mission.

– Je vous la retire.

– J'ai trouvé ce que vous cherchez.

– Je ne vous ai pas attendu.

L'homme parvint à bondir jusqu'au jeune roi qui sortit son poignard et le posa sur la poitrine du capitaine. Celui-ci murmura :

– Je me tairai pour toujours, si ce que je dis ne vaut pas la peine que vous l'écoutiez.

Le roi fit doucement monter la lame vers le cou.

– Si c'est le cas, je vous ferai taire moi-même.

Il ordonna au majordome de sortir et s'adressa à l'archer :

– Parlez.

– J'ai retrouvé la piste de la dame.

– Je vous ai dit que vous arrivez trop tard.

– Cette piste mène à la source du grand lac.

— Je sais.

— Avec la pluie, je peux suivre les traces dans la boue. Les traces qui mènent à elle vont toujours vers la source.

— Je sais tout cela, capitaine, dit Iån. Je crois que vous n'aimez plus assez la vie…

— Écoutez-moi, Majesté.

Le regard de l'archer était sombre et assuré. Iån écarta un peu le poignard.

— Majesté, je dois vous dire… Ces pas, dans la boue du chemin, viennent de la rive du lac.

Iån ne bougeait plus.

— La rive, répéta Arån. Juste devant le palais d'été. La jeune fille sort du palais d'été pour aller à la source.

L'archer croyait, comme tout le royaume, qu'il y avait dans ce palais hanté un vieux roi et sa fille. Et cette fille, si elle était vivante, si elle n'était pas devenue un spectre rôdant sur les eaux, cette fille était la sœur de Iån.

Le jeune roi laissa tomber son poignard qui se planta entre les lames du plancher. Il lâcha la gorge du capitaine. En quelques secondes, son amour fou s'était couvert de glace.

Elle avait tué sa mère en naissant. Elle avait fait perdre la tête à son père. Et, maintenant, elle assassinait son frère, soulevant son cœur pour mieux le transpercer.

En entrant dans la pièce un peu plus tard, à peine arrivé de ses basses terres, Taåge vit bien qu'une résolution venait d'être prise par son roi. Il avait croisé le capitaine des archers, épouvanté, dans l'escalier de pierre.

Taåge resta près de la porte, attendant l'ordre de s'avancer.

— Laisse-moi seul, dit le roi.

18

Envolée

La nuit était assez sombre pour qu'elle ose dire tous ses secrets. Pourtant Oliå retardait ce moment depuis le premier jour. Elle venait de sentir la main d'Iliån se poser contre la sienne dans le sable. Bientôt il serait trop tard.

– Attends…, dit-elle.

Ils étaient assis au bord du lac, entourés d'arbres qui plongeaient leurs racines et leurs troncs dans l'eau.

Le jour, on croyait voir des géants qui avançaient sur le lac avec leurs échasses. La nuit, c'était un labyrinthe vivant, replié sur ses mystères.

Iliån voyait devant eux, sur l'eau, la petite lumière du palais d'été. Il venait de se permettre un premier geste, il ne savait pas s'il aurait le courage du suivant.

– Il faut que je te parle, continua Oliå.

La main d'Iliån s'était immobilisée.

La jungle bruissait autour d'eux. Il hasarda :

– Je sais.

– Non. Tu ne sais pas.

– Je sais tes pouvoirs.

Elle soupira. Pour elle, il n'y avait pas de pouvoirs. Mais elle aurait aimé n'avoir que cela à lui apprendre. Oui, elle était une fée. C'était déjà assez pour pleurer ensemble.

Ils auraient pu gémir sur le temps qui les éloignerait peu à peu l'un de l'autre, laissant Oliǎ à sa jeunesse tandis qu'Iliǎn avancerait en âge. Les larmes auraient fini par les apaiser. Ils se seraient enfin serrés l'un contre l'autre, les pieds dans l'eau. Et déjà, ils se diraient que rien ne leur faisait peur, que rien ne pourrait les séparer…

– La reine est morte parce que j'ai bouché la source.

Ces paroles d'Oliǎ avaient fondu sur Iliǎn.

Il ne les entendit même pas.

– J'ai bouché la source. Le lac s'est asséché.

La voix commençait à le rejoindre.

– C'est Taǎge qui m'a forcée à garder la source fermée jusqu'à ta naissance… Il disait sinon qu'il la salirait pour toujours avec la vase de ses marais.

Oliǎ parlait avec peine. Elle retirait chaque mot de son cœur comme des épines ou des petits oiseaux noirs qui y nichaient depuis trop longtemps.

– Je le faisais pour la reine et pour toi… J'étais la gardienne de la source. Je voulais que tu grandisses dans l'eau pure.

Entre les aveux, elle reprenait son souffle.

– Mais quand j'ai brisé l'argile sèche avec une pierre, quand l'eau est revenue, il était trop tard.

Aucun bruit à côté d'elle. On n'entendait que le grouillement de la nuit aquatique.

Elle ne disait pas comme elle avait pris soin de lui pendant toutes ces années. Elle vivait cachée mais courait le soir sur les eaux du lac pour venir monter la garde devant le palais. Elle veillait sur le prince quand il dormait. C'était sa manière de réparer sa faute. Elle chassait les pilleurs qui approchaient en barque. Elle leur envoyait des nuées de lucioles. Elle chavirait les bateaux avec des armées de poissons-chats. On avait fini par croire le palais encerclé de forces mauvaises.

Cette fois, c'est Oliå qui voulut approcher sa main de celle d'Iliån mais il avait disparu. Elle vit au loin, de l'autre côté, une ombre grimper le pilotis et s'arrêter devant la lanterne du palais d'été.

Iliån, juste sorti de l'eau, se retourna dans sa direction. Il ne voyait que la ligne des arbres barbouillés de nuit. La tristesse et la colère l'avaient envahi. Il repensait à ces derniers temps comme à une trahison. Il tremblait de froid. Comment avait-elle pu le laisser croire au bonheur, elle qui avait détruit sa vie ?

S'il n'était resté que la haine, Iliån aurait pu se relever. Il aurait maudit celle qui l'avait trompé et la confiance qu'il avait mise en elle. Mais le plus grave était que, malgré la douleur, il sentait son amour intact. Il en avait honte. Pas la moindre entaille dans cet amour fou. Il aimait Oliå comme au premier jour. Pourtant, il était parti et ne pourrait jamais revenir.

Fåra apparut derrière lui sur le ponton.

– Mon prince ?

Iliån se retourna et le vit se jeter à ses pieds.

Il le releva.

— Fåra, qu'est-ce qu'il y a ?

Il ne se sentait pas assez fort pour une nouvelle épreuve.

— Ils sont venus vous chercher.

— Qui ?

— Votre frère, Iån, et ses hommes.

— Mon frère…

Iliån se précipita à l'intérieur du palais. Il traversa la salle vers le lit de son père. Il vit que le roi avait la tête emmaillotée dans un bandage blanc. Il s'agenouilla à côté de lui, attrapa sa main tiède.

Fåra l'avait suivi.

— Il vit toujours. Partez. Je veillerai sur lui.

— Qu'est-ce qu'ils lui ont fait ?

— Il s'est jeté sur des gardes qui voulaient fouiller l'ancienne chambre de la reine. Deux autres l'ont repoussé. Son front s'est fendu sur le chevet du lit. Ils vous cherchent.

Le roi avait ouvert des yeux bleus qui se promenèrent sur les lambeaux du baldaquin, puis se refermèrent.

— Mon prince, supplia Fåra, laissez-nous. Je m'occuperai de tout. Ils vont revenir. Vous avez encore une chance de leur échapper.

Iliån sentait venir les larmes.

— Vous pouvez vous enfuir. Il y avait un passeur autrefois à la pointe des prairies salées. Votre chance, c'est qu'ils ne vous connaissent pas.

Fåra murmura encore :

— Ils cherchent une fille. Votre frère croit qu'il a une sœur. Il me l'a dit.

Iliån répéta :

– Une sœur ?

L'autre cherchait dans ses souvenirs.

– Tout le monde s'attendait à une princesse. Maintenant, je me rappelle que les médecins l'avaient annoncé avant votre naissance.

Le visage du serviteur s'éclairait.

– Voilà pourquoi ils ne vous trouveront pas.

Iliån n'avait jamais entendu parler de cette histoire. Jusqu'à son dernier souffle, sa mère elle-même avait-elle pu ignorer qu'elle donnait naissance à un garçon ?

– Partez vers la mer, dit Fåra. Cherchez le passeur dans les prairies salées. Ils sont allés de l'autre côté.

Le prince regarda son père puis Fåra. Oui, pour la première fois, il songeait sérieusement au départ. C'était peut-être ce que sa mère lui aurait recommandé. Elle ne devait pas avoir donné sa vie pour rien.

Il pensa à Oliå.

Plus rien ne pouvait attacher Iliån à ce royaume.

– Iån veut votre mort. Il était là pour vous tuer.

– Quand sont-ils venus ?

– La nuit tombait.

Iliån se leva. Il n'était jamais allé jusqu'à la mer mais Fåra lui avait déjà parlé de ce passeur et des prairies qui se terminaient dans le sable et les coquillages.

– Maintenant, continua Fåra, ils doivent être arrivés à la source. Vous devez partir.

Il reprit, presque souriant, refusant de voir le visage soudain décomposé d'Iliån :

– Il cherchera une fille là-haut, et vous, pendant ce temps, vous serez loin…

Le jeune prince murmura :

– Fåra, qu'est-ce que tu viens de dire ?

– Vous aurez des heures d'avance sur eux.

– Mon frère a parlé de la source ?

– Oui…

– Une fille… près de la source du lac ?

Fåra blêmissait. Qu'avait-il dit de si terrible ?

Iliån sortit du palais et plongea dans l'eau noire. Il nagea jusqu'au sable encore remué par leur passage. Il courut à travers les bois. Il ne contournait pas les ronces, les lianes et les aubépines emmêlées. Il les traversait, y laissait de la toile, du sang.

La nuit s'était éclaircie.

Il approcha de la source sans chercher à se cacher. Il criait son nom, se jeta dans le bassin avec de l'eau au-dessus du ventre.

– Oliå ! Oliå !

Il s'arrêta.

Plus bas, dans le ruisseau, le puma semblait dormir sur une pierre, une patte bercée par le fil de l'eau.

– Oliå !

Iliån sentit l'espoir revenir. Il franchit la petite cascade qui blanchissait sous la lune.

Oliå était peut-être un peu plus bas encore, là où les rapides pouvaient couvrir les voix.

Mais quand il posa sa main sur la fourrure de l'animal, il sentit entre ses doigts les deux flèches croisées. Le puma avait dû être tué alors qu'il sautait très haut. Les pointes des flèches arrivaient dans son dos, près du cou. Il avait bondi pour la défendre et s'était fait transpercer en plein vol par deux archers postés en dessous.

Iliån remonta le ruisseau. Il y avait des iris comme la première fois. Mais il n'y avait plus les mains trempées d'Oliå qui soulevaient les pierres. Plus personne.

Iliån revint à l'endroit où jaillissait la source. Il crut entendre un rugissement lointain.

Il s'effondra sur la mousse.

19

Sous les amandiers

Joshua Iliån Perle ne se rendit pas tout de suite à Paris.

Il resta d'abord six mois en zone libre, dans un village de Provence. Il craignait que la police allemande l'attende devant la boutique de la Maison Perle. Il fallait se faire oublier après son évasion.

Joshua arriva chez Thérèse Pilon, le premier dimanche de mars. En prenant la grande allée vers la maison, il eut l'impression que les amandiers fleurissaient sous ses yeux. Il faisait beau. Les troncs se tordaient pour présenter toutes leurs faces au soleil.

Il n'était venu à cet endroit qu'une seule fois. C'était pendant son premier hiver sur cette terre, entre deux nuits passées dans le train.

La ferme Pilon était l'unique fournisseur en amandes de la Maison Perle depuis la fin du siècle précédent. Les guimauves aux morceaux d'amande faisaient fureur. On disait que la cuisinière d'un célèbre homme politique en achetait un kilo chaque début de mois. Et Mme Perle jurait qu'elle avait vu l'acteur Jean Gabin entrer dans le magasin déguisé en chauffeur pour ne pas être reconnu.

Depuis ce jour, quand un client passait la porte, M. Perle s'amusait à demander à sa femme si ce n'était pas le fantôme de la reine Victoria déguisé en cordonnier ou en commis. Mais Esther Perle promettait de plus belle :

– J'ai vu Gabin jouer au Louxor-Pathé. Jaloux ! Fais donc confiance aux dames pour se souvenir des beaux garçons.

Un jour d'hiver, donc, Jacques Perle avait chargé le petit de faire le voyage vers le sud pour une caisse d'amandes supplémentaire, afin de ne pas tomber en pénurie avant les fêtes.

C'était la première fois que Joshua quittait Paris. Il découvrit, en une seule échappée, la magie du voyage en train et les collines couvertes d'amandiers sous la neige.

En passant la frontière pour revenir en France, après ses deux années de captivité, il pensa tout de suite à ce refuge.

Thérèse Pilon reconnut de très loin le visiteur qui marchait au milieu du nuage de fleurs. Elle était à sa fenêtre. Elle posa la bouilloire sur le poêle et alla se poster au soleil devant la porte.

– Si c'est pour des amandes, vous allez devoir attendre un peu.

Le jeune homme était à vingt mètres d'elle, près du puits. Elle parlait fort et montrait de la main les champs d'amandiers. On était début mars. Les fleurs ne donneraient pas de fruits avant l'été.

Mais Mme Pilon avait tout de suite compris que le garçon

ne venait pas pour les amandes. Elle lui fit signe de venir s'asseoir sur la pierre du seuil. Elle disparut et revint avec deux tasses de chicorée.

Il ne parlait toujours pas. Elle s'assit à côté de lui.

– Ils ont du retard en bas pour finir les vignes. Tu pourras les aider à tailler les prochains jours. Et puis, dans un mois, il y aura tout le travail qu'il faut ici. On dit que c'est la zone libre, mais c'est aussi la guerre comme là-haut.

Il regarda autour de lui.

– Vous êtes seule ?

Thérèse s'approcha légèrement et battit des cils comme s'il lui faisait une proposition.

– Et vous ? demanda-t-elle d'une voix tendre.

Perle fit un sourire gêné. Elle se mit à rire comme si elle avait huit ans.

Thérèse Pilon avait perdu son mari un quart de siècle plus tôt, pendant la Grande Guerre, alors qu'elle était enceinte de plusieurs mois. Elle était alors une toute jeune femme.

Quand l'épouse du maire, habillée de noir, vint lui apprendre la nouvelle, Thérèse la chassa. Cette femme mentait forcément. Le ciel ne pouvait pas la trahir. Elle avait prié jour et nuit pour que son mari revienne. Elle sentait en elle le bébé qu'elle attendait, plus vivant que jamais.

Elle fit donc ce qu'une vieille tante lui avait appris à faire quand elle était petite. Elle dessina sur un carré de papier trois silhouettes sous un amandier. Elle se rendit à l'église et le glissa sous la statue de saint Joseph. Demandez et vous recevrez.

Elle se crut sauvée par ce geste. Trois. Voilà l'image qu'elle avait de sa petite famille depuis qu'elle était enceinte. Des parents et un solide enfant. Ce serait aussi trois paires de bras pour travailler, ce qui sauverait leur terre.

Mais on apporta le lendemain le corps de son mari dans un cercueil. Un drapeau et un tambour accompagnèrent la veuve enceinte de six mois vers le cimetière.

En colère contre le bon Dieu et tous ses saints, Thérèse Pilon abandonna le dessin sous la statue. Pourtant, quand vint le printemps, elle accoucha de jumeaux. Deux fils qui avaient des yeux de la couleur des amandes. Aujourd'hui avec elle, cela faisait donc bien trois comme sur le petit dessin qui jaunissait sous la statue.

– Où sont-ils ? demanda Joshua en regardant Thérèse.

– Ils se promènent. L'ennui, c'est les filles. Elles leur courent après. J'aimais mieux avant.

Elle souriait en plongeant le nez dans sa tasse.

Joshua devint donc pendant un temps la quatrième silhouette sous les amandiers. Il côtoya la vie des deux garçons qui avaient quelques années de plus que lui. Ils travaillaient dur mais s'échappaient le soir pour une vie buissonnière.

Joshua restait alors avec Thérèse Pilon et réfléchissait à ses plans. Il n'avait pas écrit aux Perle de peur qu'on surveille leur courrier. Il s'inquiétait pour eux. Thérèse essayait de le rassurer.

Les trois garçons travaillèrent d'abord dans la vallée pour les voisins. Puis on vint les aider à récolter les premières amandes. Cette cueillette de juin donnait des amandes plates au goût de sève.

C'est alors que Thérèse Pilon reçut un bon de commande

de la Maison Perle. Elle le montra à Joshua comme si c'était la plus attendue des cartes postales alors qu'il y avait juste écrit sur un papier bleu :

Deux kilos d'amandes fraîches non décortiquées avec aussi leurs goves vertes, s'il vous plaît madame Pilon.
Salutations.
Perle

Joshua reconnut la commande habituelle du mois de juin pour préparer des guimauves un peu amères qui se vendraient jusqu'à la fin de l'été.

Il fut très apaisé par cette preuve de vie. Si incroyable que cela puisse paraître, la Maison Perle semblait tenir debout dans le grand vent de la guerre, traversant les saisons malgré les persécutions. Thérèse Pilon l'en avait persuadé : les Perle ne risquaient rien. Les guimauves n'étaient ni juives, ni collaboratrices, ni communistes. Elles étaient du parti du sucre.

L'été de Joshua Perle fut presque doux. Il apprit à faire du vélo, parcourut les routes, s'arrêta sous les platanes, explora les villages à l'heure des siestes. La zone libre qui couvrait la moitié sud de la France était sous l'autorité d'un gouvernement aux ordres de l'Allemagne, mais l'ombre de l'Occupation restait lointaine. La famille Pilon avait présenté Joshua Perle comme un cousin du nord. Thérèse disait à ses fils de l'appeler Jo pour faire oublier son prénom. La police française cherchait à repérer les juifs qui vivaient en zone libre, et le cousin Joshua avec son petit accent ne serait pas passé inaperçu.

En septembre, il y eut le grand ramassage des amandes. Une partie du village se joignit à la famille Pilon. Les hommes secouaient les branches avec des bâtons de plusieurs mètres. Les femmes ramassaient les fruits qui tombaient dans l'herbe pour les mettre dans des sacs. Elles tournaient en ligne autour de l'arbre comme l'aiguille d'une horloge. Elle se moquaient des paresseuses qui se réservaient la place tout près du tronc et qui faisaient à peine trois pas à chaque tour.

Après le travail, les soirées se passaient joyeusement dans la maison. On retirait l'écorce verte en buvant du vin doux. Tous les âges se serraient sur les bancs de la grande salle. Les garçons choisissaient discrètement leur voisine de travail. Quelques dames chantaient.

Un vieux monsieur raconta des histoires qui serrèrent le cœur de Jo Perle. Ces histoires, il les connaissait toutes. Et même la voix du conteur ressemblait à celle de son père. L'homme parlait d'une barbe bleue, d'un bûcheron et de ses fils, d'une petite fille avec des allumettes, d'une fée qui faisait pousser des carrosses dans le ventre des courges.

Perle regardait les yeux illuminés de chacun. Il se disait que tout n'était pas perdu. Un mauvais sort l'avait chassé dans ce monde pour effacer son passé, et pourtant il le retrouvait partout, ce passé, dans la voix des vieillards, le regard des enfants. Il semblait que, dans toutes les grandes occasions, on réveillait le souvenir des royaumes. Il suffisait d'un moment grave ou heureux, d'une petite foule rassemblée près d'un feu ou d'un tête-à-tête avant la nuit pour que s'entrouvre la fenêtre.

Il ne restait à Perle qu'à trouver le moyen de l'enjamber.

Les jours qui suivirent, il resta des heures dans la pièce où on étalait les amandes pour les faire sécher. Entre les quatre murs s'entassaient trente centimètres de fruits dans leurs coques. Joshua en avait jusqu'aux genoux et il marchait lentement pour les retourner, avec l'impression de se déplacer dans un torrent. L'odeur de frangipane lui faisait tourner la tête.

Il gardait dans sa poche le petit mot reçu de la Maison Perle, début juillet, qui disait à Mme Pilon que la livraison avait bien été reçue. Au revers de la feuille, Jacques Perle donnait déjà le détail de la prochaine commande d'automne.

Joshua aimait la fine écriture sous l'emblème couronné de la Maison Perle. La voix de Mme Perle lui manquait aussi. Il se promettait qu'il irait passer l'hiver à Paris dans ce magasin qui restait pour lui le seul endroit de la terre où il se sentait chez lui.

Fin octobre, bien avant la date prévue, on fit partir la commande. Il y avait aussi des petits gâteaux et des figues sèches en cadeau. Cela donnait trois caisses bien lourdes, dans lesquelles Joshua aurait aimé se cacher et s'en aller.

À peine une semaine plus tard, au premier jour des olives, Thérèse Pilon, en revenant du village, trouva les trois caisses devant le puits avec deux mots écrits au pinceau sous les noms barrés de Jacques et Esther Perle.

PARTIS DÉFINITIVEMENT

La livraison était revenue à la ferme Pilon.

Thérèse se mit à courir, elle quitta la poussière du chemin

pour couper entre les chênes verts. Elle entendait au loin des voix et des rires. Elle grimpa un muret de pierre et arriva dans un champ d'oliviers. Joshua était parmi les cueilleurs. Il fut le premier à la voir venir.

Elle s'approcha, lui parla à l'oreille.

Il laissa tomber son seau. Une coulée d'olives se déversa dans l'herbe.

20

Le soulier bleu

Il mit quelques jours à remonter vers Paris, prit le train par petites étapes, ne s'accrochant qu'aux wagons de marchandises. Il arriva en zone occupée en passant par des sentiers forestiers, aussi prudent que dans les terres de son enfance. Puis il emprunta une bicyclette pour continuer vers le nord. Il dormait sur la paille des granges ou dans les cabanes à outils des cimetières.

Il entra enfin dans Paris le 10 novembre au soir. Il pleuvait.

Quand il se retrouva devant la Maison Perle, le rideau de fer était baissé. Il essaya de se rassurer en regardant autour de lui les autres boutiques fermées. La rue était déserte, toute rayée de pluie. Le rideau baissé ne voulait rien dire. Les commerçants avaient peut-être pris un peu d'avance. Le lendemain, le 11 novembre, était un jour férié même si l'armée d'occupation avait interdit de fêter l'anniversaire de sa défaite de 1918.

En faisant un pas pour s'abriter, Joshua remarqua une inscription verticale sur le montant en bois de la vitrine.

Il pencha la tête pour lire :

Les Perle aux cochons !

Une autre main avait dû essayer d'effacer cette horreur avec de la paille de fer.

Joshua recula jusqu'au trottoir d'en face. Il était exactement à l'endroit où Jacques Perle l'avait secouru quelques années plus tôt. Il pleuvait presque autant que ce soir-là.

Où étaient-ils ? Que s'était-il passé ici pendant ces derniers mois ?

Soudain, en levant les yeux vers la fenêtre de l'appartement des Perle, il distingua une très faible lumière qui balaya le rideau.

L'espoir ! Ils étaient là, cachés. Ils tenaient bon.

Joshua contourna l'immeuble pour pousser la porte, grimpa les escaliers. Il essayait de déceler une quelconque odeur de gigot, de thym, de gratin, un fumet qui dégringolerait les marches, porteur de bonnes nouvelles. Juste pour gagner un peu de temps sur son tourment. Mais l'escalier sentait le poison pour les rats.

À l'étage, il frappa à la porte une première fois, attendit.

Après de nouveaux coups, il crut entendre un bruit très léger à l'intérieur. Cela pouvait aussi bien être son cœur sous son manteau. Il redescendit deux marches, passa la main dans une petite trappe qui servait de regard sur des tuyaux en plomb. Il en sortit une clef, revint devant la porte. En s'enfonçant dans la serrure, la clef buta sur une autre clef qui l'empêchait de tourner. Elle était fermée de l'intérieur.

Il se laissa glisser contre la porte.

Quelques minutes plus tard, Joshua prit la rue de Saintonge et s'arrêta au numéro 24. C'était là qu'habitaient le maître plâtrier et ses trois filles. Joshua avait passé chez eux sa dernière veillée de Noël avant la guerre.

Dans la cage d'escalier, il rencontra la plus jeune des filles, Colette, qui fondit en larmes en le voyant. Elle ne put dire un mot, lui prit la main et l'emmena deux étages au-dessus. Ils furent accueillis par un grand silence. Toute la famille était autour de la table. Les deux aînées regardaient Joshua comme un revenant. Le père se leva, lui serra la main.

– Où sont-ils ?

Le plâtrier n'arrivait pas à répondre. C'est sa femme qui vint derrière son épaule et parla pour lui :

– Cela fait déjà des mois. Ils les ont emmenés en août. Un mois avant, ils avaient pris les autres. Presque tous les commerçants du quartier. Et quatre familles rien que dans notre immeuble.

– Où sont-ils ?

– On ne sait pas.

Le père essaya encore de parler sans y parvenir. Sa femme fit la traduction.

– Mon mari est allé trois fois à la mairie et à la préfecture pour demander où ils étaient. La fille du boucher était la meilleure amie de notre petite.

Et Colette continuait à pleurer derrière Joshua. Mais il

y avait surtout Suzanne, l'aînée, qui se tenait droite sur sa chaise, bouleversée de le retrouver.

– Vous devez vous cacher, dit encore la mère.

Joshua ne semblait pas croire ce qu'on lui disait.

– Est-ce que tu as un endroit où aller ? demanda Suzanne.

– J'ai vu de la lumière.

– Où ?

– Chez eux.

Le plâtrier soupira :

– Mon garçon…

– Il y a quelqu'un dans l'appartement.

– Non, dit la femme, il n'y a plus personne.

– Je vous promets que j'ai vu de la lumière.

L'homme prit Joshua par l'épaule et le serra contre lui. Sa femme redemanda :

– Où pourrez-vous aller ?

– Il y a quelqu'un chez eux, répétait-il.

Suzanne se leva.

– Je vais l'emmener. On inspecte l'appartement et je reviens.

Les parents les laissèrent partir. Ce n'était pas encore l'heure du couvre-feu.

Suzanne prit une pèlerine en laine dans l'entrée. Joshua la suivit.

Ils marchèrent l'un à côté de l'autre dans la rue. Sous son parapluie, elle ressemblait à une dame, malgré ses dix-sept ans. La guerre fait grandir.

Ils arrivèrent devant la boutique, regardèrent les fenêtres au premier étage. À l'approche de la nuit, la pluie redoublait.

Aucune lumière dans les rideaux.

Ils franchirent la porte de l'immeuble.

Sur le palier, Joshua sortit la clef de sa poche. La serrure fonctionna parfaitement. Il s'arrêta.

— Tout à l'heure, l'appartement était fermé de l'intérieur.

— La clef est peut-être tombée de l'autre côté, dit Suzanne.

Ils entrèrent.

Accroupi dans l'obscurité, il chercha l'autre clef qui aurait pu tomber sur le parquet. Il ne trouva rien.

L'appartement était plongé dans le noir. L'électricité ne fonctionnait pas.

— Regarde.

Elle avait découvert des allumettes et deux bougies dans le tiroir de l'entrée.

Ils commencèrent à se promener d'une pièce à l'autre à la lumière des flammes. Joshua avait les cheveux mouillés. Il frissonnait.

Tout était parfaitement en ordre. Les lits faits, la vaisselle propre. Suzanne se souvenait pourtant que l'arrestation avait eu lieu à l'aube. Un beau matin d'été.

Elle regarda Joshua qui se penchait sur une photo de Jacques et Esther Perle le jour de leur mariage. Elle semblait aussi émue que lui.

— Mon père a parlé avec M. Perle qui lui a dit que tu étais dans un camp en Allemagne. Ils auraient dû s'en servir pour protéger leur vie. On ne touche pas aux familles des prisonniers.

Voyant que le garçon ne réagissait pas, elle ajouta :

— Mais Perle disait aussi que ça n'aurait pas été honnête, que tu n'étais pas vraiment leur fils pour l'état civil.

Joshua secouait la tête dans la pénombre.

— Alors, qui es-tu si tu n'es pas leur fils ? Peut-être que tu n'es pas juif. Peut-être que tu pourrais rester avec nous.

Joshua savait qu'il était trop tard. Il n'arrivait pas à regretter d'être librement devenu Joshua Perle à la veille de la guerre, comme s'il avait choisi de se changer en perdreau le matin d'une battue.

— J'ai vu de la lumière ici, dit-il.

Il passait ses doigts sur les meubles et n'y trouvait pas de poussière. Elle regardait les mains de Joshua sur le bois.

— Je peux partir avec toi, dit Suzanne.

Il se retourna vers elle.

— Je voudrais partir avec toi, répéta-t-elle, le dos appuyé contre la fenêtre du salon.

Et comme il voyait qu'elle pleurait, il fit un pas vers elle et buta contre un objet oublié sur le tapis. Il se baissa et le ramassa. C'était une chaussure de femme, une sorte de ballerine en cuir bleu. Jamais le pied de Mme Perle n'aurait tenu dans un tel soulier.

— C'est à toi ? demanda-t-il.

— Non.

Il avait déjà oublié les larmes de Suzanne et son mouvement vers elle. La chaussure tourna longtemps entre ses mains.

— C'est peut-être à la fille qui travaillait au magasin, dit-elle.

Il se rappela que Jacques Perle lui avait parlé d'une jeune fille dans la lettre qu'il avait reçue au camp de prisonniers.

— Elle s'appelait comment ?

— Léa.

— Elle habitait ici ?

– Non.

– Où est-elle ?

– Elle a dû être emmenée avec eux. Elle arrivait très tôt à la boutique. Elle a été prise avec eux.

Joshua se souvenait de la photo de la Maison Perle avec les pas légers dans la neige. Oui, ce pouvait être les pieds de cette Léa. Il pensa à toutes ces traces effacées pour toujours. Il mit le petit soulier bleu dans sa poche.

– S'ils te trouvent avec moi, dit-il à Suzanne, ils te prendront aussi.

Il voyait l'eau qui coulait sur la fenêtre derrière elle.

– Regarde, d'ailleurs, ce n'est pas un temps pour s'en aller.

– Et toi ? demanda Suzanne. Où vas-tu ?

Il ne répondit pas. Il tourna sur lui-même pour regarder une dernière fois le petit appartement. Ils sortirent. Il ferma la porte à double tour et remit la clef à sa place.

Joshua raccompagna Suzanne rue de Saintonge. Il ne voulut pas monter. Elle tenait héroïquement son parapluie plié contre elle.

– Alors je te regarde au moins partir. Je rentrerai après chez mes parents.

Il s'en alla au milieu des flaques d'eau. Il ne se retourna pas.

À quelques numéros de là, sous un porche, une autre jeune fille le regardait. Elle était pieds nus sur le pavé et tenait dans sa main une chaussure bleue.

Sans le savoir, Joshua lui avait dérobé l'autre soulier, celui qui avait glissé de son pied gauche quand elle avait bondi pour se cacher dans les replis du rideau. Le soulier qui avait arrêté le mouvement de Joshua vers Suzanne.

21

Jusqu'à la fin des combats

Quand Joshua Perle enjamba discrètement la ligne de démarcation pour revenir vers son refuge provençal, il avait à ses trousses des centaines de chars et le piétinement de quelques milliers de paires de bottes. Concentré sur sa tristesse, il ne savait pas que ce jour du 11 novembre 1942 avait été choisi par Hitler pour envahir la zone sud et occuper la totalité de la France.

Il arriva, les mains dans les poches, un soir de pleine lune. La terre avait été labourée entre les arbres.

Il eut juste le temps d'apercevoir au loin l'ondulation des tuiles sur le toit de la ferme Pilon.

Deux ombres le plaquèrent au sol et roulèrent avec lui dans le fossé. Une voix lui murmura de ne pas bouger. On entendit des portières claquer près de la maison. Une voiture démarra et passa sur le chemin juste à côté d'eux.

— C'est la police, dit la voix près de lui.

Joshua reconnut enfin son assaillant. C'était un des jumeaux Pilon avec une écharpe de bandit autour du visage.

– On t'attend depuis quatre nuits, dit l'autre homme. Je suis content que ça s'arrête. Bienvenue.

Il ne connaissait pas cette deuxième ombre qui lui tendit la main dans la boue en souriant pour l'aider à se relever. Joshua trouvait l'accueil un peu rugueux. Il avait le corps tout meurtri de sa dégringolade.

L'homme lui expliqua :

– Ils sont venus te chercher le lendemain de ton départ. Quelqu'un t'avait signalé à la police qui a fouillé la maison et a trouvé les armes.

– Quelles armes ? demanda Joshua.

– Les nôtres.

En quelques phrases chuchotées dans un fossé, Joshua découvrait que les jumeaux n'étaient pas les jeunes gens qu'il avait cru connaître. Ils faisaient partie depuis long-temps de l'armée secrète qui préparait la libération. Et les demoiselles qui occupaient leurs nuits, celles qui s'appe-laient Constance ou Juliette et dont Thérèse Pilon se plai-gnait si souvent, étaient en fait les noms secrets de leurs opérations de résistance.

Quand la police était venue à la ferme, les jumeaux se trouvaient par chance pour un sabotage sur une colline balayée par le mistral. Ils avaient été prévenus juste à temps de ne pas retourner à la ferme et s'étaient donc installés dans la garrigue où ils organisaient un maquis clandestin. Ils ne purent même pas dire adieu à leur mère qui resta seule avec ses amandiers.

Jo Perle fut reçu comme un frère d'armes par la dizaine d'hommes qui vivaient autour des bergeries disséminées sur ces hauts plateaux de Provence.

Leur chef se faisait appeler « capitaine Alexandre ».

Il était grand et large. Il travaillait à une table dans un recoin. À côté de lui, une fenêtre ouvrait sur une fontaine. On lui présenta Joshua. Sur le mur de chaux, Alexandre avait épinglé la photo d'un petit tableau très ancien représentant une femme éclairant un voyageur avec une bougie.

— Comment t'appelles-tu ?

— Perle.

Joshua regardait le tableau lumineux comme une flamme. Le capitaine Alexandre gardait son crayon suspendu au-dessus d'un cahier ouvert.

— Il faut que tu te trouves un nom de combat. Personne ici ne garde son nom d'avant. Tu viens d'où ?

— De très loin.

Alexandre souriait. Il écrivit quelques mots de son écriture penchée. Mais cela ne concernait pas Joshua. Debout, à trois pas de lui, il ne put lire que deux mots qui surnageaient : *chagrin* et *cristal*.

— Alors ? Comment t'appelleras-tu ?

— Iliån.

— Tu as une fiancée ?

Iliån ne répondit pas. Ses yeux s'étaient allumés.

— Son nom ?

— Oliå.

Il n'avait pas prononcé ce prénom depuis si longtemps. Le patron le regardait. Iliån le rassura :

— Elle ne dérangera pas mon travail.

— Tu ne dois pas la voir, ni lui parler. Nous sommes tous des soldats et des moines jusqu'à la fin des combats.

— Promis. Je ne la verrai pas.

Et les combats durèrent presque trois ans.

Iliån se retrouva au cœur de cette armée invisible qui tissait sa toile des montagnes jusqu'à la mer. Il se cachait, surveillait les traîtres, faisait sauter les voitures ennemies, allumait des feux la nuit pour permettre les parachutages d'armes. Il effaçait ses traces, changeait d'abri chaque soir. Il était une cigale le jour, un grillon la nuit. L'hiver, il redevenait le lièvre blanc d'autrefois qui disparaissait dans la neige.

Il était souvent seul, prenait ses ordres dans des messages qu'on glissait dans sa main au coin d'un bois. Il voyait peu ses compagnons, et presque jamais Alexandre.

Il se souvenait pourtant d'un tête-à-tête avec lui.

Une nuit, ils étaient restés tous les deux des heures à guetter le ronflement d'un avion qui ne vint pas. Ils attendaient des cylindres pleins d'armes qui devaient être lâchés dans un champ de lavande.

Joshua était assis sur ses talons, parfaitement immobile. Même pas un battement de paupières. Il entendait la respiration du patron qui avait posé un colt devant lui.

Ils laissaient s'installer de longs silences. Quand Alexandre parlait enfin, Perle avait l'impression que son chef avait passé tout ce temps à lire dans ses pensées. Chaque mot creusait une galerie en lui et y apportait de la lumière.

— Redis-moi son nom.

– Quel nom ?

– La fiancée.

Silence.

– Oliå.

– Est-ce que tu penses à ce qu'elle fait en ce moment ?

– Non.

– Pourquoi ?

Iliån ne répondit pas.

– Tu devrais l'imaginer, dit Alexandre.

– Je ne veux pas.

– Tout commence par là. La vie vient juste derrière. Elle suit comme un petit chien derrière l'imaginaire.

Autour d'eux, la nuit se taisait toujours.

– Quand le monde comprendra cela, dit-il, quand le monde y croira vraiment…

Dans le noir, il fit un grand geste, qu'on devinait au froissement de sa manche. Un geste qui parlait de la guerre. Il ajouta :

– On arrêtera tout ça. Et toi, tu retrouveras Oliå.

Entendait-il bouillonner les secrets de Joshua Perle ?

– Mais personne n'est vraiment prêt à le croire, continua Alexandre. Il leur faudra des preuves. Des preuves, tu entends ?

Joshua se perdait dans ces paroles qui le laissaient moins seul.

– Il leur faudra des preuves.

L'avion ne vint pas. Aucune arme ne se posa sur les longues rangées de lavande. Quand le jour se leva, ils se séparèrent.

Mais Perle garda de cette nuit le souvenir d'une illumination.

Taåge l'avait condamné à l'exil.

Plutôt que de chercher la sortie, il devait changer ce monde qui s'interdisait de croire aux autres royaumes. Le doute était sa prison. Il la briserait par la preuve. Voilà qui déferait son sort et le ramènerait chez lui.

Iliån trouverait ces preuves. Il les rassemblerait une à une.

En attendant, il devait survivre.

Il y eut parfois des trahisons.

Le capitaine Alexandre disait que la guerre avait fait de lui un monstre de justice. Car les batailles les plus justes ont aussi leur monstruosité.

Il vécut surtout ces petits miracles qui émaillent les vies entièrement données, les grands combats.

Joshua Perle se réveilla un jour dans un pays en paix. L'ennemi était vaincu. Les soldats américains arrivaient. Leurs blindés ressemblaient maintenant aux chars de carnaval que suivaient des foules en fête. Ils distribuaient des cigarettes et des chewing-gums.

Joshua assista aux retrouvailles entre Thérèse Pilon et ses fils. Un peu en retrait, le chapeau à la main, il fut bouleversé par ces embrassades. On essayait de le mêler à la fête. Mais il savait qu'il y avait maintenant une silhouette de trop sous les amandiers.

Le lendemain, il voulut s'envoler quand la maison dormait encore. Il s'habilla dans la cuisine de la ferme. Sur la table, il y avait un petit paquet sur lequel était écrit :

Iliån

Il prit le paquet dans ses mains. Quelqu'un avait deviné qu'il allait partir. Il mit l'objet dans son sac sans l'ouvrir, par prévoyance, petite friandise pour l'avenir.

En passant, il arracha une poignée d'amandes dans un arbre pour compléter ses provisions. C'était le 20 août 1944.

Deux heures plus tard, sur une route, il vit passer les colonnes des libérateurs. Des enfants étaient à califourchon sur les canons. Il grimpa sur un char d'assaut comme on saute dans un autobus et passa trois jours à remonter vers le nord dans une ambiance de kermesse.

C'est là, aux portes de Paris qui serait libéré le lendemain que Joshua Perle pensa enfin à ouvrir le petit paquet.

Il reconnut tout de suite le long bandeau de cuir et de corde enveloppé dans une feuille arrachée à un cahier.

Aussitôt, tous les bruits autour de lui s'assourdirent. Il n'entendait plus qu'un brouhaha cotonneux.

Entre ses mains, il y avait la fronde de son enfance. Celle qu'il n'avait jamais quittée jusqu'à la dernière nuit, quand il avait abandonné le royaume. Un objet venait de le rejoindre dans son exil.

Et à l'intérieur de l'emballage, sur le papier à lignes bleues, cinq mots d'une écriture enfantine, toute ronde et appliquée, des mots volés au capitaine Alexandre :

Il leur faudra des preuves.

22

Sorcière

— Qui avez-vous enfermé dans la chambre de verre ? demanda Taåge en surgissant dans le couloir de l'arsenal.

Le chef des archers marchait vite mais le vieux Taåge ne cédait pas le moindre centimètre.

— Sa Majesté vous a parlé ? interrogea Arån.

— Non.

Taåge savait seulement qu'on avait capturé quelqu'un près de la source. Il se sentait peu à peu écarté des confidences. Quand il était sorti de ses trois années de relégation pour s'être opposé aux plans du jeune roi, il avait repris sa place auprès de lui sans jamais retrouver le pouvoir qu'on lui donnait aux premiers temps du règne.

— Qui est dans la chambre ? répéta-t-il.

Arån, le chef des archers, connaissait les pouvoirs de Taåge. Il devait éviter de s'en faire un ennemi.

— J'y ai jeté une lionne blessée, répondit-il pour brouiller les pistes. Avant cela, on l'avait vue changer trois fois de forme.

— Qui est-ce ?

– Une belette, un oiseau puis un fauve. Je n'en sais pas plus. Le roi lui-même ne connaît pas son nom.

Arån accélérait le pas. Il était tout ruisselant de la tempête qu'il venait d'affronter. Dehors, un vent puissant soulevait la mer et faisait plier les cèdres. Il avait inspecté les fortifications jusqu'à la côte sauvage. L'ouragan restait aux portes du château. Des archers circulaient avec des torches dans les couloirs. Autour d'eux, les murs épais de l'arsenal étaient tapissés de ferraille et d'armes.

– Laisse-moi monter dans la chambre de verre, demanda Taåge.

– J'ai l'ordre de ne laisser passer personne.

– Cet ordre ne me concerne pas.

– Je me souviens qu'autrefois vous ne demandiez pas à rester là-haut…

Taåge frissonna. Il avait vécu ses terribles années d'isolement dans les hauteurs du château d'hiver, captif de cette chambre qui brouillait les pouvoirs occultes. Il ne fut pas loin de devenir fou entre ces parois de verre qu'il avait lui-même fait construire pour y enfermer des génies insoumis.

– J'obéirai à mon roi s'il me commande de vous faire venir, dit Arån. Soyez patient.

Quatre hommes les rejoignirent quand ils passèrent une grille et Taåge fut écarté en douceur par le flot des archers.

Arån et sa troupe montèrent très haut dans la tour noire. L'air se rafraîchissait encore en altitude. L'hélice de l'escalier paraissait sans fin. Le vent y jouait de la flûte de Pan. Dans les meurtrières en pierre de lave, on voyait parfois passer des oiseaux qui luttaient contre la tempête. Arån posta ses hommes aux dernières marches et entra seul pour rejoindre le roi.

La porte refermée, le silence se fit.

Devant lui, le jeune roi se tenait face à une grande baie de verre qui ouvrait sur la chambre.

C'était un cube parfait.

Le vitrail était divisé en petits îlots irréguliers bordés de soudures de plomb. La couche de mercure prise dans le verre n'altérait pas la transparence quand on était à l'extérieur. Mais, une fois dans la chambre, on avait seulement devant soi son propre reflet répété jusqu'au vertige.

Arån ne vit pas tout de suite Oliå. Il crut même que le roi contemplait une boîte vide. Il approcha de la verrière et la découvrit enfin.

Elle était assise dans un coin de la chambre. Elle avait tout de suite repéré ce qu'elle espérait être l'angle mort, le recoin où elle ne serait vue de personne. Oliå avait été enfermée en pleine nuit. Épuisée, elle s'était blottie là et aussitôt endormie pour oublier le cauchemar de la chasse.

La veille, à la source, le puma blanc avait été le premier à déceler la présence de Iån et de ses archers. À peine couchée, Oliå entendit la pauvre bête s'écrouler au bord du ruisseau. Les archers virent la fille se dresser près de la source. Elle aurait été transpercée de toutes parts si le roi n'avait d'abord demandé à ses hommes de l'attraper vivante.

Mais quand, l'instant suivant, elle se transforma en belette pour disparaître sous les ronces, il comprit que la partie n'était pas équitable et il changea ses ordres.

Morte ou vive. C'était la nouvelle consigne.

Une pluie de flèches s'abattit autour d'Oliå. Elle grimpa le tronc d'un arbre, arriva à la cime et sauta sur les branches voisines. Elle avait longtemps été belette quand elle avait voulu disparaître de l'humanité après la mort de la reine. Elle connaissait par cœur le maniement du grand balancier de la queue, le corps en fuseau qui fendait l'air. Elle filait donc dans la nuit sur la crête des arbres.

Mais les archers étaient les meilleurs du royaume, ils avaient chacun dans le dos un fagot de deux cents flèches. Ils couraient sous les branches, le nez en l'air, les doigts pincés sur la corde de leur arc. À chacun de ses bonds, Oliå sentait les pointes glisser contre son poil. Elle avait fait souffler un vent capricieux qui portait ses vols planés et déréglait la course des flèches. Mais quand une nouvelle attaque faillit la clouer contre l'écorce d'un arbre, elle comprit que sa trajectoire de belette prenait fin. Elle se dégagea des flèches, passa sous une branche couverte de fougères et en sortit hirondelle piquant vers le ciel. Dix secondes plus tard, elle aurait été très haut dans l'atmosphère, parmi les étoiles, mais elle n'en eut pas le temps. Une flèche sifflante traversa l'air et lui brisa une aile.

Oliå commença par tourner sur elle-même, en suspension, trop choquée pour réagir. Elle voyait défiler dans la nuit, à toute vitesse, les forêts, le lac, l'horizon rouge. Les flèches continuaient à zébrer ce paysage autour d'elle.

Parfois, au cours des années passées, elle avait été colibri, ou bien grenouille, papillon, à la merci des enfants, mais jamais elle n'avait senti cette fragilité. C'était l'avantage de l'éternelle jeunesse qui gâchait sa vie. Au moins, cela l'avait préservée de toutes les peurs.

Cette nuit-là, en l'envahissant pour la première fois, la peur lui disait que quelque chose avait changé. Que se passait-il ? Une sensation nouvelle parcourait ce petit corps de plumes qui commençait maintenant à tomber en s'enroulant sur lui-même. La rencontre d'Iliån avait amorcé en elle une révolution.

La fragilité. Cette découverte lui donna la force de se réveiller alors qu'elle descendait en chute libre, comme une pierre dans la nuit. Les branches des arbres ralentirent sa chute. Au dernier moment, dans le sous-bois obscur, son ombre se mit à s'élargir, et elle sentit son nouveau corps de félin rouler dans le molleton de feuilles mortes. Elle se releva. La blessure de l'hirondelle était toujours là, dans la patte avant de la lionne. Il y avait aussi en elle l'autre blessure qu'avait laissée Iliån en l'abandonnant près du lac.

Oliå ronronnait. Elle entendait déjà les cris des archers qui cherchaient la dépouille de la fée. Elle s'enfonça dans la nuit, d'un pas douloureux. Elle s'arrêta très vite, lécha longuement sa plaie. Il lui semblait que les voix s'éloignaient.

Soudain, en relevant la tête, la lionne vit Iån devant elle. Elle s'immobilisa. Le roi la regardait.

Des bruissements dans les broussailles, des respirations tout autour. Un filet tomba sur elle. Elle avait trop mal pour se changer une dernière fois en rat ou en pollen et poursuivre sa course. Même Iliån entendit de très loin son rugissement désespéré. Oliå se laissa emporter.

Arån et le roi regardaient maintenant cette jeune fille de quinze ans à qui on avait jeté des vêtements d'homme. Elle les avait déchirés et étalés sur elle comme des draps pour ne pas avoir froid. Dans la chambre de verre, impossible d'imaginer la tempête qui secouait le royaume.

Devant Iån était posée une épée dans un fourreau vermeil.

Arån savait pourquoi il avait été appelé. Il venait de passer dix années à servir son maître, acceptant les plus sinistres besognes. Il aurait pu se tuer lui-même sur ordre du roi. Mais il sentait que cette nouvelle tâche lui serait insoutenable.

Il risqua :

— A-t-on connu cela dans l'ascendance de Votre Majesté ?

— Quoi ?

— Une fée.

Iån se tut. Il le savait, les fées descendaient des fées. Sa propre sœur ne pouvait être une fée.

— Il faut interroger le vieux serviteur du palais d'été, poursuivit Arån. Je peux le faire venir. Il la reconnaîtra si c'est elle.

— Non. Reste avec moi. Il n'y a pas de fée ici.

Le roi ne quittait pas Oliå des yeux.

— C'est la sorcellerie qui la possède. Elle est née dans le sang de son premier crime. Elle y a grandi. Comment ne pas être maudite ? Où vois-tu une fée ? C'est une sorcière.

Les mots prononcés de leur côté du vitrail n'avaient aucun lien avec ce qu'Arån pouvait voir de l'autre côté. L'être le plus doux, le plus pur, le plus lumineux qu'il ait jamais vu. Oui, il y avait de l'ensorcellement dans l'air mais cela ne ressemblait pas à une malédiction.

— Tu prendras mon épée, dit le roi.

Là-bas, la fille avait posé sa main sur son épaule blessée. Elle avait la peau blanche avec, par endroits, les brûlures de la chasse. Elle devait avoir froid sous ses lambeaux de vêtements mais elle refusait toujours de s'habiller.

— Taåge…, dit tout à coup l'archer. Taåge pourra dire si c'est une sorcière.

Cette fois, Iån parut hésiter.

Arån attendait le verdict en fermant les yeux. Où trouver la force de prendre cette épée, d'entrer dans cette chambre, de la voir serrer un peu plus la toile de coton contre elle en se demandant ce que veut cet homme qui s'avance armé, de soutenir ses yeux quand il lèverait l'épée ?

— Je n'ai pas confiance en Taåge, dit le roi. Prends cette arme et tue-la.

Arån se mit alors à parler comme il n'avait jamais osé le faire.

— Permettez-moi d'oublier mon rang de soldat, Majesté.

Il continua, étonné d'être encore vivant après ces premiers mots.

— Je vous ai vu depuis que vous cherchez cette jeune fille. S'il y a une chance…

— Tais-toi, Arån.

— S'il y a une chance qu'aucun lien de sang…

Iån se pencha et tira son épée du fourreau. Arån tenait bon.

— … qu'aucun lien de sang n'existe entre vous deux… Il faut alors veiller sur cette chance…

Iån brandit l'épée, frappa de toutes ses forces contre la vitre qui résonna sans se fendre.

Oliå sursauta de l'autre côté. Elle tourna pour la première

fois les yeux vers eux, comme si elle devinait leur présence. Et ce regard croisa accidentellement celui du roi qui capitula, baissant lentement l'épée jusqu'à ses pieds.

Il cacha son visage dans le creux de son coude. L'arme avait glissé de ses mains et vibrait encore sur la pierre.

– Va chercher Taåge.

Le vieux génie arriva en haut de la tour un peu plus tard. Il s'inclina devant le roi qui l'attendait seul sur la dernière marche. Les archers étaient postés plus bas. Le vent sifflait dans les meurtrières. Taåge vit tout de suite les larmes sèches de son roi.

La voix brisée, Iån commença à lui parler. Taåge hochait la tête avec douceur. Il se croyait revenu au temps où le jeune roi ne pouvait faire un geste sans guetter son consentement. Cela faisait tant d'années qu'il n'avait été traité avec autant d'égards. Taåge écouta longuement Iån. Quand le roi parla de la fille, il le laissa même poser son front sur son épaule craquelée de boue.

Le roi pleurait comme un enfant.

Taåge le prit dans ses bras, montra toute sa compassion, promit d'être à ses côtés. Il allait parler à cette fille, il saurait ce qu'on pouvait espérer d'elle.

Mais le désespoir du roi tournait à la folie. Il gémissait, accrochait ses ongles aux vêtements de Taåge.

Celui-ci sentit soudain un métal froid sur sa tempe. Iån avait sorti son couteau et l'appuyait tout près de l'oreille, dans ce petit triangle de chair par lequel le crâne se laisse transpercer.

— Entrez dans cette chambre, Taåge, mais ne m'annoncez pas de mauvaises nouvelles. Vous avez compris, mon parrain ? Ne soyez pas le messager de mon malheur.

Taåge entendait son souffle rauque. Il sentait la pointe s'enfoncer légèrement dans sa peau.

— Et si vous me dites qu'elle ne doit pas mourir, ajouta le roi, annoncez-moi aussi qu'elle m'aimera.

La voix de Taåge ne tremblait pas.

— Je te dirai ce qui est vrai, Majesté.

— Alors ta vie repose sur ses petites épaules. Comme la mienne. Ta vie repose sur ses épaules blanches.

Iån embrassa le vieux Taåge sur le front.

Il rangea lentement son couteau.

Puis il entra dans l'antichambre et colla sa tête contre le vitrail pour la voir de l'autre côté du verre.

Taåge l'avait suivi.

Il la reconnut tout de suite.

23

Dans la chambre

Taåge fut violemment jeté sur le sol de verre.

La porte claqua derrière lui. Il promenait son regard dans la pièce en se frottant le corps.

Oliå se redressa. Elle n'était plus la même. Quelque chose de la lionne revint dans ses yeux quand elle le vit.

— J'avais même oublié que tu existais, dit-il doucement en la découvrant.

Elle ne pouvait avoir oublié cet homme. Sur ses ordres, quinze ans plus tôt, elle avait bouché la source et provoqué la mort de la reine.

— Tu vas devoir m'aider, dit Taåge.

Il voulait faire croire à Oliå qu'on le jetait en captivité avec elle. Le roi avait accepté cette ruse. Taåge savait que pendant tout le temps où il resterait dans la chambre de verre, il n'aurait plus ses pouvoirs. Impossible d'utiliser des sortilèges pour la convaincre. C'était un duel à mains nues entre la fée et le vieux génie. Il devait donc trouver d'autres artifices. Ils parleraient comme deux prisonniers dans la même cage.

Autour d'eux, le jeu des miroirs creusait un kaléidoscope sans fin. Taåge se rappela ses années d'enfermement, les coups qu'il finissait par donner avec sa tête contre les murs de verre.

— Nous devons nous aider l'un l'autre, répéta Taåge anxieusement.

Le visage fier d'Oliå prouvait qu'elle n'y était pas prête. Pour sortir vivant de ce lieu, Taåge devait trouver une faille dans cette petite âme.

Le génie des basses terres examinait la situation. En apportant la preuve qu'Oliå n'était pas la sœur du roi, il sauverait sa propre vie et celle de la fée. Il retrouverait aussi la confiance de ce roi. Cependant, si elle restait en vie, elle serait pour toujours une menace pour lui. Elle connaissait le crime qu'il avait imaginé et qu'elle avait exécuté sans le savoir. Elle pouvait le dénoncer.

— Sais-tu pourquoi tu es là ?

Pour elle, c'était à cause de ce lac asséché, des années plus tôt. Le jeune roi vengeait la mort de sa mère. Mais elle ne répondit pas.

— Le roi avait pensé te tuer tout de suite et il ne l'a pas encore fait, dit Taåge. Tu as plus de chances que moi de t'en sortir.

Elle ouvrit un peu plus grand les yeux. Il avait mis un genou sur le sol, comme pour approcher une bête sauvage.

Derrière la paroi de verre, Iån les regardait sans rien entendre de ce qui se disait. Il voyait le visage d'Oliå se démultiplier dans les miroirs.

Taåge parlait toujours d'une voix douce. Dans cette chambre de verre, il fallait convoquer d'autres charmes que ceux qu'il utilisait d'habitude.

— Le roi veut savoir si tu es une fée.

Il ramassa son bâton près de son pied.

— Je sais bien que tu en es une.

Il sourit.

— Mais cette réponse ne lui suffira pas.

— Je ne veux plus être une fée, dit-elle soudain.

Les mots avaient échappé à Oliå.

— Pourquoi ?

Elle regrettait d'avoir parlé.

Taåge attrapa au vol l'aveu qu'elle venait de faire.

— Alors fais-toi aimer par le roi.

Il vit passer dans les yeux d'Oliå une lueur de curiosité. Taåge poursuivit, sûr d'avoir trouvé l'issue :

— Seul le baiser d'un prince peut défaire les dons des fées. Tout le monde sait cela.

Il ne mentait pas. C'était la plus vieille loi des féeries. Mais l'idée de ce baiser serait la chance de Taåge. Il livrait cette fille au roi et la rendait inoffensive en lui retirant sa magie. Il ne resterait plus ensuite qu'à la faire taire.

— Personne ne t'a jamais dit cela ?

Non, qui aurait pu le lui dire ? À qui l'aurait-elle demandé ? Elle avait appris toute seule la condition de fée.

Oliå semblait maintenant être rentrée en elle-même. Elle pensait à ce qu'elle venait d'entendre. Il y avait donc une raison à cette soudaine fragilité qu'elle ressentait depuis des mois. Ce qui l'unissait à Iliån commençait à la transformer. Et il aurait suffi d'un baiser pour terminer cette révolution.

Taåge n'arrivait pas à savoir ce que contenait sa rêverie.

— Il ne faudra pas parler de ce qui est arrivé avant la mort de la reine. Tu entends ?

Elle le regardait, troublée. Le roi n'en savait donc rien. Elle n'était pas enfermée à cause de la source asséchée.

— Fais ce que je t'ai dit, dit Taåge, tu seras libérée de ce cachot et de tous tes dons. Puis tu parleras pour moi à notre roi…

Oliå prit un air sage qui lui donnait encore quelques années de moins. Taåge crut à sa victoire.

— Faisons ce pacte, dit il.

Il tendit la main.

— Je veux un signe de notre accord. Prends ma main.

C'était surtout le geste qui avait été convenu pour qu'en dehors de la chambre on se prépare à le sortir de là.

Oliå regarda cette main droite tendue. La sienne restait posée sur sa blessure.

Plus bas, au pied d'une autre tour du château d'hiver, dans le vestiaire de l'arsenal, un tout jeune homme venait de revêtir la cotte de cuir des archers pour se fondre dans la foule. Il avait réussi à entrer sans que personne le voie. C'était la première fois qu'il pénétrait dans le château mais il en était le prince, prochain héritier dans l'ordre d'accession au trône.

Iliån savait qu'Oliå était retenue quelque part dans cette citadelle. Il venait pour la délivrer.

La main sèche de Taåge attendait près du visage de la fée.

– Dépêche-toi. J'ai peur qu'ils viennent me prendre.

On pouvait croire qu'Oliå se demandait encore ce qu'elle allait décider, mais au fond d'elle il n'y avait pas d'hésitation. Comment refuser le baiser d'un prince ? Du bout des doigts, elle toucha la main qu'on lui tendait. Le pacte était scellé.

Aussitôt la porte s'ouvrit. Deux gardes entrèrent dans la chambre de verre et se saisirent de Taåge. Ils le traînèrent derrière eux, passèrent la porte. Le roi les avait rejoints.

Aucun d'eux ne remarqua qu'Oliå avait bondi sans un bruit pour venir se plaquer derrière la porte. Elle respirait rapidement. Ses pouvoirs n'étaient plus qu'à quelques centimètres de sa main, de l'autre côté de l'ouverture, hors de la chambre de verre.

Le battant de la porte commença à bouger.

Immobiles, les archers surveillaient l'accès. En voyant surgir la fée, ils ne firent pas un geste. Trois hommes armés et Taåge barraient ce passage qui lentement se refermait. Qu'avaient-ils à craindre d'elle ? Elle ne pourrait jamais passer.

Pourtant, devant eux, chaque parcelle du corps d'Oliå qui franchissait le seuil de la chambre retrouvait ses facultés magiques et se dissipait dans l'air.

Oliå disparaissait.

Médusés, les hommes se regardaient, cherchant la captive autour d'eux. Iån était en train de devenir fou. Il avait sorti son épée et fouettait l'air.

Personne.

– Elle est là ! hurla Taåge en se relevant. Ne bougez pas. Elle est forcément là.

Il savait qu'elle n'avait pas le pouvoir de disparaître.

Les archers se figèrent, ne firent plus un seul bruit.

Taåge se concentra et son regard alla immédiatement se fixer sur l'épée du roi. Une mouche était posée sur la lame de vermeil.

– Là ! cria Taåge.

Le temps qu'il fasse un pas, un serpent bleu commençait à descendre de l'épée de Iån qui la fit tournoyer au-dessus de lui. Le serpent fut projeté à travers la salle, mais après un instant on entendit un bruit sec, comme le déploiement d'un parapluie. Deux ailes venaient de s'ouvrir. Une chauve-souris filait vers la sortie.

Taåge comprit ce qui lui restait à faire. Son vieux corps s'accroupit en craquant et s'étira d'un coup. Un chien couvert de gale s'échappa de ses vêtements et se précipita à la suite d'Oliå.

En passant au milieu des archers qui montaient la garde en haut de l'escalier, la chauve-souris s'était laissée tomber et roula en boule sur le sol. Elle se releva belette comme dans ses plus belles heures. Elle passa entre les jambes des soldats, dévala les marches. Le chien était à ses trousses mais haletait déjà. Son pelage jaune se couvrait d'écume. Il se jetait sur ceux qui s'interposaient en le prenant pour un chien enragé. Devant lui, la belette aux taches brunes et blanches se coulait dans le labyrinthe du château.

En arrivant dans les chambres basses, le chien perdit sa

trace, glapissant de rage. La belette avait disparu. Il tituba encore longtemps dans la pénombre et s'écroula.

Plus tard, des archers ramassèrent le vieux génie dans la décharge des cuisines. Ils l'amenèrent au roi.

Oliå s'était arrêtée sous le banc d'une salle déserte.

Elle était en alerte, le museau sur le sol, parfaitement immobile.

Elle ne pensait plus à ses poursuivants, au chien galeux qui avait voulu la tromper, à cette chambre de verre.

Elle ne pensait à rien d'autre qu'à lui.

Elle venait de sentir sa présence.

Il était tout près d'elle, dans l'enceinte de ce château. Elle le savait. Il était venu la chercher.

Sur les remparts, au milieu des hommes qui veillaient dans cette nuit de tempête, Iliån avait entendu la rumeur d'une évasion.

— Une fille?

— Ils disent que c'est une sorcière.

Les soldats lui parlaient comme à l'un des leurs. On l'envoya explorer les chemins de garde suspendus au rebord des tours, là où aucun d'eux n'aurait voulu s'exposer aux pouvoirs de la fugitive.

Iliån s'y aventura, luttant contre le vent le long des créneaux de pierre noire. Il devait la trouver avant eux.

Mais ce fut elle qui le découvrit. Elle marchait en équilibre sur une fine corniche battue par le vent. Elle vit une ombre passer dans un escarpement de la tour, en dessous d'elle. Le bruit de la mer aurait couvert ses pauvres cris de belette. Elle sauta donc dans le vide avant qu'il disparaisse de sa vue.

– Oliå.

Elle se releva. Elle venait de chasser l'animal d'elle-même, à jamais, et se tenait devant Iliån, transie de froid.

Il la prit dans ses bras.

On les retrouva enlacés dans le grenier des remparts.

Elle lui fut arrachée.

– Qui est celui qui était avec elle ? demanda le roi prêt au meurtre. Qui est-il ?

Taåge sauva sa peau en lui répondant. C'était sa dernière chance de rachat. Il avait lu sur le visage d'Iliån comme sur un livre ouvert.

– C'est votre frère, Majesté.

Le jour se levait. Le jeune roi était sur les fortifications. Le vent s'était réchauffé et attisait en lui la vengeance.

On enferma Oliå dans une simple cellule parce qu'elle avait perdu tous ses pouvoirs pendant la nuit.

Désormais elle n'aurait plus rien d'une fée.

Elle resterait juste un peu plus perdue, un peu plus fiévreuse, un peu plus belle que toutes les filles de son âge. Elle avait autour du poignet la fronde qu'il lui avait donnée.

Le prince Iliån fut confié à Taåge pour être exécuté en secret près du bateau-feu. Mais le mauvais génie eut peur de la malédiction des assassins de roi. Il ne le tua pas.

Il le chassa vers un exil sans retour.

Oliå n'arriva pas à temps pour le retenir.

Elle disparut.

On trouva à la fenêtre de la tour une corde faite avec ses vêtements. Elle s'était échappée dans la nuit.

Dans les années de ténèbres qui suivirent, il y eut bien des légendes sur ce qui lui arriva. On imagina la jeune fille au fond de la mer ou préparant sa revanche. Le peuple écrasé par la folie du roi en fit son héroïne secrète. Les histoires naissent ainsi, quand de petits mystères rencontrent des heures sombres.

Seul Taåge et le gardien du bateau-feu savaient ce qui s'était passé au cours des derniers instants d'Oliå dans le royaume.

Taåge était arrivé à cheval par la plage. Il avait trouvé Oliå avec le gardien. Pour se préserver lui-même, il l'avait bannie à son tour. Elle l'implorait de le faire. Elle rejoignit donc de justesse le sortilège qui avait emporté Iliån. Elle s'y attacha comme au dernier panache d'une comète.

Mais elle avait dû accepter de Taåge une exigence terrible. Unique condition pour vivre dans le même monde qu'Iliån. Elle ne devait pas être vue de lui. Si, dans son exil, il découvrait la présence d'Oliå, elle disparaîtrait à jamais.

Une fille de quinze ans arriva donc sur terre, dans le chaos du même orage, le même soir de septembre. Minuit sonnait d'église en église sur les toits de Paris.

Iliån la précédait de quelques heures.

À la fenêtre des Perle, sous sa couverture rouge, il était déjà à boire l'eau de la pluie entre ses mains.

Il aurait tant aimé savoir qu'elle passait sur le pavé, juste en dessous, dans sa chemise blanche, rasant les murs et levant les yeux vers lui.

Fragments perdus des féeries

24

Le bal du 14 Juillet

C'était il y a deux ans.

J'étais revenu à Paris au milieu de l'été pour travailler deux jours en bibliothèque. J'avais laissé ma femme et ma fille dans l'engourdissement des vacances, loin de la ville. À l'heure du départ, on avait fait semblant de me plaindre et je m'étais laissé faire.

– Reviens vite.

– Profitez bien.

On échangeait ce genre de paroles mais chacun savait que le bonheur est tissé de ces allers-retours : le train qui s'en va, celui qui arrive, un voyageur dont on voit les phares venir au bout de l'allée, un autre qui klaxonne de loin en loin parce qu'il part, les adieux à l'autocar de la classe de neige, le bruit du moteur, les parents sur le trottoir, comme des imbéciles qui se regardent :

– Bon. Qu'est-ce qu'on fait maintenant ?

Mais déjà, on sait que là-bas les enfants chantent dans le bus qui sent l'anorak neuf et les chips.

Le bonheur est cette danse où l'on s'approche et l'on s'écarte sans se perdre. Il est même fait des larmes des longues séparations à condition que viennent les retrouvailles.

Dans mon cas, je ne partais pas très loin, pas très longtemps, et si je n'avais pas encore réservé mon billet de retour du surlendemain, c'était juste pour la petite euphorie de la liberté.

Pendant le voyage en train, j'avais préparé les recherches que je comptais faire. J'en avais fait la liste sur les pages d'un cahier. Tout était prêt. Je sentais ma collection de cartes de bibliothèque dans ma poche. Il me faudrait en visiter plusieurs. Je commençais un long projet d'écriture. En deux jours, en me débrouillant bien, j'aurais sûrement toutes mes réponses.

Mais je ne mis finalement les pieds dans aucune bibliothèque. Elles étaient toutes fermées pour trois jours.

L'après-midi, j'ai terminé ma tournée des portes closes par la bibliothèque Mazarine, au bord de la Seine, et je me suis assis sur les marches, juste devant, pour faire le point.

À vrai dire, je me sentais plus ridicule que désespéré. Je n'avais pas à me plaindre. Il faisait beau. Paris était envahi de promeneurs. Les voitures avaient déserté la ville. J'entendais les haut-parleurs des Bateaux-Mouches. Je comprenais des bribes de ce qu'ils racontaient dans toutes les langues. Ils parlaient de l'île de la Cité, de l'Académie et d'une reine qui jetait ses amoureux du haut d'une tour.

Ces petits bouts d'histoires, ajoutés aux silhouettes qui

passaient devant moi, le talon cassé d'une dame sur les pavés, la petite fille qui joue au bilboquet avec la boule de sa glace, le monsieur montrant du doigt le Louvre en disant « Versailles! », sa fiancée qui s'extasie de tant de culture et l'embrasse : tout cela valait bien les trésors d'une bibliothèque.

Je ne sais pas combien de temps je suis resté à rêver sur ces marches.

Un carillon venait de sonner de l'autre côté de la Seine quand trois filles approchèrent de moi. L'une d'elles me demanda si je parlais l'anglais. J'acquiesçai modestement par un « *Yes I do* » tiré de mon premier manuel.

Une autre se mit alors à me raconter très vite toutes sortes de choses dont je ne compris pas un mot. Je continuais pourtant à hocher la tête pour faire bonne figure. Seul le long silence qui suivit m'indiqua qu'elle avait dû poser une question.

Je la regardais. Les yeux bleus remplis d'espoir, elle attendait que je lui réponde. L'autre fille, qui avait peut-être dix-huit ans, devina le doute qui planait. Elle dit un seul mot, bien articulé, sur un ton interrogatif très marqué. Cette fois, sans la moindre hésitation, je reconnus le mot « pompier » prononcé en français. Elle répéta à nouveau :

– Pompier?

Il n'y avait aucun doute. Elle avait dit « pompier ».

J'acquiesçai donc avec encore plus de vigueur comme les petits chiens qui balancent leur tête à l'arrière des voitures. Oui, oui, oui, pompier, j'avais bien compris. Pompier. En effet. Aucun doute. Nous parlions de la même chose. Mais je ne savais toujours pas pourquoi elle avait dit ce mot-là.

Elle le répéta une troisième fois avec une telle insistance que je crus nécessaire de me défendre.

– Pas pompier, dis-je en me frappant la poitrine. Pas pompier.

J'avais peur tout à coup qu'on me demande une opération de secourisme, avec massage cardiaque et grande échelle.

Elles réussirent à ne pas rire devant mes gestes de chef sioux. Mais deux d'entre elles augmentèrent mon effarement en faisant sur place une petite danse qu'elles terminèrent encore une fois par le mot « pompier » plus ou moins bien prononcé.

Je me mis à rougir. La troisième leur conseilla discrètement de renoncer. Elle me fit un sourire si gentil que j'eus pitié de moi-même.

Au moment où elles allaient m'abandonner pour rejoindre la passerelle des Arts, je vis passer le bus numéro 24 avec des petits drapeaux bleu, blanc et rouge à l'avant. Tout s'éclaira. Je sautai sur mes pieds.

– Pompier ! criai-je. Pompier !

Elles se retournèrent. Je fis à mon tour un petit déhanchement, puis un vrai pas de tango ou de valse.

Elles cherchaient bien sûr le bal des pompiers. On était la veille du 14 Juillet et elles cherchaient le bal des pompiers, vieille tradition de ce jour de fête. Nous tombâmes dans les bras les uns des autres. Pompier !

Je proposai de les emmener dans la caserne la plus proche.

– *Really ?* demanda l'une.

– *So cute !*

– *Fantastic !*

Les trois jeunes filles étaient si fières de moi et si reconnaissantes qu'elles ne cessèrent de me parler pendant tout le trajet. Chacune d'elles avait mille choses intéressantes à me raconter. Elles les disaient souvent en même temps et quand l'une ou l'autre s'arrêtait, c'était pour rire très fort, danser un peu, me montrer du doigt. Je me joignais à ces rires avec complicité. L'une me tapait dans le dos. Les autres semblaient rejouer entre elles la scène qu'on venait de vivre. Puis elles reprenaient toutes leurs discours entremêlés.

Pendant les quinze minutes de ce petit voyage dans la rue de Seine, la rue de Buci et quelques autres, je ne compris pas un seul mot de ce qu'elles racontèrent mais la courtoisie française me permit de n'en rien montrer.

Je connaissais cette caserne de la rue Madame parce que mon grand frère y avait fêté un jour ses sept ans. Nous n'habitions pas loin. Notre école était dans la même rue. Mon frère avait emmené ses amis visiter la caserne et j'étais trop petit pour me joindre à eux. J'avais pourtant à l'époque trois ou quatre ans, l'âge auquel le pompier est un dieu. Je n'ai jamais pardonné d'avoir été tenu à l'écart de cette visite.

Trente-cinq ans plus tard, je venais d'arriver avec ces trois étudiantes devant la caserne. Il y avait du monde. On entendait la musique à l'intérieur. C'était l'heure de ma revanche sur mon frère.

Mes nouvelles amies me supplièrent d'entrer en me tirant par le bras. Je sentais qu'elles étaient ravies d'avoir trouvé un Français comme elles en avaient cherché pendant tout leur voyage : brave, serviable et de bonne humeur. À un moment, j'eus même l'impression qu'une des filles avait dit à l'autre le nom de Bourvil en me regardant, comme pour parler d'une vague ressemblance. Mais je veux croire que je n'ai pas bien entendu.

Le bal des pompiers remplissait la cour de la caserne. Il y avait peut-être un millier de personnes qui dansaient. On avait malheureusement rangé les camions ailleurs. Les rares vrais pompiers n'avaient même pas leurs casques. Ils tenaient la buvette. J'étais un peu déçu.

Mes amies retrouvèrent tout de suite une armée de leurs semblables. Elles tentèrent de me les présenter dans le bruit assourdissant de la musique. Certains me serrèrent la main avec respect et je me rappelai tout à coup que, même si je poursuivais le rêve d'un enfant de quatre ans, j'avais en fait trente-neuf ans, c'est-à-dire, dans leur regard, quatre-vingt-dix de plus qu'eux.

Je les abandonnai discrètement, m'enfonçant dans la foule, pour les laisser entre gens immortels.

Autour de moi, le mouvement de la danse me maintenait prisonnier. J'étais pris dans un banc de poissons, et suivais le flux et le reflux de la vague. Parfois, les danseurs levaient les bras et je ne voyais même plus le ciel. Alors je les levais aussi en guise de camouflage. Profitant du vacarme, j'ânonnais le refrain comme si j'étais sous ma douche. Les visages défilaient trop vite, je n'en voyais aucun. La vitesse m'étourdissait. Le sol tremblait comme si des dinosaures venaient d'encercler Paris.

Soudain, au milieu de cette cohue, je m'immobilisai. Le reste du monde s'effaça pendant quelques secondes. Je venais étrangement de penser à M. Perle. Je venais de me rappeler ma course dans les bois, à quatorze ans, et mon réveil dans la maison de M. Perle.

Mon corps perdit toutes ses forces et se laissa porter par ceux qui l'entouraient.

Quand je repris conscience, un instant plus tard, le bruit me parut insupportable. J'avais l'impression d'un brouillard autour de moi. Je me retournai pour tenter de voir ce qui avait pu réveiller ce souvenir. Mon choc devait être assez visible pour que deux pompiers surgissent de la brume, m'empoignent et me tirent en dehors de la piste de danse.

J'aurais dû être ravi de voir de près l'action de mes héros, ravi de m'imaginer racontant chez moi la visite à la caserne, le malaise, le sauvetage, mais j'étais très loin de l'idée de cette revanche. Je pensais à M. Perle, au poids des édredons, les chiens, le feu, nos conversations, les valises, le trésor, les étourneaux rôtis, et le jour où il m'avait relâché dans l'herbe, près de mon vélo en m'ayant retiré mon appareil et mes photos.

– Vous habitez loin ? demanda un des pompiers.

– Non.

En réalité j'habitais assez loin, sur l'autre rive de la Seine, mais l'appartement de ma mère était juste à côté. C'était l'appartement où j'étais né et où j'avais grandi. J'ai montré les clefs aux pompiers comme un petit garçon.

– Vous voulez qu'on vous raccompagne ?

– Non. Ça va mieux.

– Rentrez tranquillement chez vous.

Il semblait penser que ces petites fêtes n'étaient plus de mon âge alors que, quelques secondes plus tôt, arrêté au milieu de la danse, j'avais eu brièvement quatorze ans.

J'ai marché jusque chez ma mère. Je savais qu'elle n'était pas là pendant ce mois de juillet. J'étais fatigué. Je me retournais parfois dans la rue pour voir si par hasard un camion de pompiers me suivait. J'ai monté les trois étages et je me suis allongé sur le canapé.

Pendant vingt-cinq ans, le souvenir de la maison aux valises était resté mon grand secret. Un secret qui avait d'abord ressemblé à une obsession. En rentrant chez moi, après mon séjour chez Perle, j'avais commencé à épingler les cartes d'état-major sur les murs pour retrouver l'emplacement de la maison. Je calculais ma vitesse dans les bois, cherchais à savoir la distance parcourue à pied entre mon vélo et la rivière. L'obsession se changea en rage. Je listais dans des carnets la collection de M. Perle, telle que je me la rappelais. Je dessinais des plans.

Je fis aussi, l'été suivant, deux jours d'exploration en prétextant un nouveau stage. Comment me laissa-t-on repartir alors que j'avais perdu l'année précédente tout le matériel photographique de la famille ? Les parents sont parfois incompréhensibles.

J'eus seulement le droit de m'équiper d'un appareil jetable en carton. Je fouillai les forêts pendant trois jours et ne retrouvai ni la barque de la fille, ni la maison de M.Perle, ni mes photos.

Mais les grands secrets qu'on ne partage pas finissent par s'effacer un peu. On ne reconnaît plus les formes sur le papier glacé. Ces secrets se mélangent aux rêves. Et quand on les réveille, ils nous rappellent seulement notre solitude.

En grandissant, j'ai donc senti ces souvenirs se dissoudre

en moi. Ils n'avaient pas disparu mais ils s'étaient mélangés à tout ce que j'étais. Je faisais du théâtre, j'écrivais des histoires, je bricolais, je lisais des livres. Joshua Perle était dans tout cela. Je ne le cherchais plus ailleurs. Je n'allais même plus le déranger au fond de ma mémoire.

Mais il n'était pas loin.

Cette nuit-là, il venait de jaillir à l'endroit le plus invraisemblable, sur la piste de danse d'une caserne de pompiers. Quelque chose l'avait fait remonter des profondeurs, comme l'odeur du pain grillé le matin me rappelle mon grand-père, ou celle de la peinture à l'huile fait revivre un instant mon père.

Je m'endormis sur le canapé, à l'endroit où je m'étais effondré vingt-cinq ans plus tôt en revenant de chez Perle.

Le lendemain, très tôt, au moment de sortir pour aller trouver un café ouvert ce 14 Juillet, je découvris devant la porte un colis recouvert de papier de soie blanc. Il m'attendait sur le paillasson comme un petit chien fatigué après une longue fugue.

25

Les souvenirs

C'était une boîte cubique en bois ciré. Un jeu de fines baguettes retenait le couvercle. Il suffisait de les faire glisser par les côtés. Je remarquai sur ce couvercle deux petits ronds un peu plus foncés. Ils se dérobaient quand on y glissait les doigts pour ouvrir la boîte.

Il m'a suffi de tenir ce coffre de bois dans mes mains pour ressentir le même tournis que la veille.

La délicatesse du travail servait de signature comme le papier de soie que j'avais immédiatement reconnu. L'emballage avait pourtant été posé à l'envers pour qu'on ne lise pas tout de suite l'emblème de la Maison Perle.

À l'intérieur, en soulevant le couvercle, je découvris un premier plateau avec l'appareil photo et les sept pellicules. Chaque objet était rangé dans sa propre case parfaitement à sa mesure. L'appareil ne semblait pas avoir souffert. C'était bien celui de mon père. Il me rappelait irrésistiblement ses mains qui le manipulaient, et le troisième œil sur sa poitrine quand l'appareil était suspendu à son cou.

Je remarquai les rubans aux quatre coins qui permettaient de soulever ce premier étage. Je me méfiais cependant des ruses des confiseurs qui font parfois espérer deux couches de chocolats quand il n'y en a qu'une. La Maison Perle n'était pas de ce genre. Sur le plateau inférieur, il y avait la caméra super-8 et les deux films. Tout cela était toujours ajusté de manière merveilleuse. De petites languettes de cuivre retenaient les bobines pour qu'elles ne bougent pas. Quelques tampons de feutrine entouraient la caméra.

La boîte était posée devant moi sur la table de la cuisine. Mon cœur battait vite.

On racontait chez moi qu'un petit livre des pièces de Molière, volé dans la maison familiale pendant la guerre, avait été renvoyé par un soldat allemand trente ans plus tard avec une lettre d'excuses. Mais ce n'était pas la même histoire. Perle ne m'avait rien volé. C'était moi, le voleur. Il avait simplement récupéré les images que je cherchais à lui prendre.

Pourquoi me les renvoyait-il maintenant ?

J'étais comme un joueur devant un jeu d'échecs. Je prenais parfois un des objets entre mes doigts, le reposais. Le temps s'arrêtait autour de moi. Je cherchais longuement la faille, immobile. Ou bien je me penchais pour respirer l'odeur du bois, trouver un message, un mot plié quelque part, une explication.

Petit, je voyais mes oncles patienter ainsi des heures sous un parasol autour de leur jeu d'échecs, sans bouger. Je me demandais ce qu'ils attendaient.

Je finis par remettre le couvercle et me lever.

Dans le plateau de l'entrée, il y avait la clef de la cave.

Je descendis l'escalier. Au passage, je toquai à la fenêtre de la gardienne. Derrière elle, dans sa loge, on voyait le défilé du 14 Juillet à la télévision.

Elle avait une serviette éponge dans les cheveux. En me voyant, elle prit un air désolé pour me dire que ma mère n'était pas là. Elle s'en excusait comme une vendeuse qui n'aurait pas ce petit modèle en rayon.

— Peut-être à la fin du mois, dit-elle avec un geste qui laissait entendre que la maison ne prenait aucun engagement sur les délais de livraison.

Quand je lui demandai si c'était elle qui avait déposé un paquet devant la porte, son visage devint beaucoup plus sérieux. Elle me répondit que c'était un jour férié, cher monsieur, qu'elle ne montait donc pas dans les étages, et que de toute façon il n'y avait pas de courrier le 14 juillet.

Derrière elle, les avions du défilé traversaient en trombe l'écran pour me rappeler mon intrusion chez elle un jour de fête nationale. On les entendait juste après passer au-dessus de la cour de l'immeuble, prêts à me pilonner pour ce sacrilège.

Il fallut laisser la gardienne à ses légionnaires.

Je fouillai la cave pendant un long moment et remontai un carton plein de papiers saupoudrés de plâtre.

Deux heures plus tard, j'étais dans le train.

Je parlais très bas dans mon téléphone :

— Je ne vais pas revenir ce soir. J'avance moins vite que prévu.

Par la vitre, les forêts défilaient à trois cents kilomètres heure.

— Je dois raccrocher. Je suis en bibliothèque.

Je voulus étouffer le dernier mot dans le creux de ma main. J'avais l'impression que tout le train n'écoutait que moi.

— Où ? demanda la voix à l'autre bout du fil.

— En bibliothèque !

Aussitôt, une annonce de la voiture-bar retentit dans le wagon. Elle parlait de plats chauds ou froids et d'une sélection de boissons fraîches.

— Tu es dans le train ?

— Pas du tout. C'est mon voisin qui fait l'idiot. Il veut que je raccroche.

J'étais tout recroquevillé sur mon téléphone, le front contre les genoux, mais je sentis que le voisin avait entendu ce que je disais de lui.

— Je te laisse, je te rappelle en arrivant…

Je raccrochai vite pour ne pas m'embourber davantage. Je ne savais même pas pourquoi j'avais cru utile de mentir.

— Pardon, c'était ma femme, dis-je à mon voisin.

— J'avais compris. Bravo.

Il se plongea dans son magazine.

Je ne fis plus attention à lui. D'autres grands sujets m'occupaient. Je roulais vers l'ouest, vers ces lisières qui s'étaient rappelées à moi la nuit précédente.

Je changeai plusieurs fois de train.

Le dernier n'avait pas beaucoup évolué depuis le jour où j'étais venu pour la première fois dans la région. Il s'arrêtait dans des gares fantômes, comme avant. Je croyais même reconnaître l'homme endormi derrière moi, et la dame qui se battait avec la porte condamnée des toilettes.

Avant de quitter Paris, j'avais déployé sur une table les cartes retrouvées dans la cave et sorti mon ordinateur de mon sac. La zone qui m'intéressait était à l'intersection de quatre cartes différentes. Je me souvenais, des années plus tôt, avoir passé des nuits à superposer correctement les angles pour y voir clair.

Mais cette fois, assis dans la cuisine de ma mère, j'ouvris l'ordinateur. En quelques secondes, je me retrouvai comme un oiseau à survoler la région sur une carte d'une parfaite précision. Que se serait-il passé si j'avais eu cette machine infernale à quatorze ans ?

Il me fallut moins de cinq minutes pour comprendre ce qui m'avait empêché de dormir pendant toutes ces années. Perle était venu se cacher dans un vide géographique, entre les quatre pièces d'un puzzle. Il avait tout calculé. La superposition des cartes était faussée par une boucle de la rivière qui ne figurait nulle part.

Aujourd'hui, les yeux des satellites réparaient enfin cette erreur. Sur l'écran, je suivis la rivière entre les taches vertes des forêts. Je me prenais pour un canard sauvage remontant le courant à tire-d'aile.

Et la maison apparut.

C'était un petit rectangle couleur de terre cuite. En grossissant l'image, je vis même le ponton qui semblait gagné par le sable. Je cherchais autre chose, une trace, une présence, comme si Perle pouvait être là à me faire de grands signes sur son île.

À la descente du train, j'ai d'abord voulu rejoindre l'endroit d'où j'étais parti la première fois. C'était le pire moyen de commencer mon exploration.

Je finis par trouver la petite route, devenue très large et très passante. J'avais abandonné mon vélo à cet endroit précis, vingt-cinq ans plus tôt. Des voitures passaient en trombe à côté de moi. La cabine téléphonique était remplacée par un panneau triangulaire annonçant aux automobilistes la présence d'animaux sauvages qui risquaient de traverser la route. J'avais envie de peindre une voiture bien rouge sur ces panneaux pour prévenir aussi les pauvres cerfs du danger qu'ils couraient dans les parages.

Je partis à travers bois. Ma carte ne me servait pratiquement à rien sous les arbres. J'errais, à l'aveugle, croyant retrouver des odeurs, des souvenirs précis de ma fuite, la brûlure des orties ou l'obstination des ronces qui m'attrapaient la jambe.

Quelques heures plus tard, en me fiant seulement à mon épuisement, j'étais sûr de ne plus être loin du but. Je m'attendais à découvrir la rivière ou la forme de la maison derrière les arbres. Un camion de volailles passa alors juste devant moi, me laissant ahuri au milieu des plumes. J'étais revenu à la route.

Le soleil baissait. J'avais des ampoules à chaque orteil, des insectes dans les cheveux.

Je devais m'y prendre autrement.

Une femme, sûrement touchée par mon allure héroïque, arrêta sa voiture. Elle proposa de m'emmener au village le plus proche.

– Vous étiez perdu ?

– Non. Je me promène.

– Vous êtes sûr que ça va ?

À côté d'elle, je devais avoir l'air d'un champignon en fin de vie.

Elle me déposa devant l'église sur un pont de pierre. Un lampion du 14 Juillet traînait sur la balustrade. J'entendis la voiture s'éloigner.

En me penchant sur l'eau verte je sus tout à coup ce que j'allais faire le lendemain.

Ma nuit fut paisible à l'hôtel du Cheval-Blanc. J'avais juste passé un appel pour essayer de m'emmêler encore plus dans mes explications. Ce fut un nouveau succès. Je ne sais plus ce que j'ai pu dire ce soir-là à ma famille. J'ai sûrement parlé de prise d'otage dans la bibliothèque ou du déraille-ment d'un métro pour justifier l'annulation de mon retour.

À sept heures du matin, le lendemain, je glissais dans une barque entre les aulnes et les peupliers. Les feuilles des nénuphars se laissaient écraser par la coque du bateau, mais les fleurs ressortaient de l'eau comme des bouchons après mon passage. Des libellules se posaient sur les rames. J'avais l'impression de remonter vers une source. Les quelques pêcheurs matinaux qui occupaient les rives finirent par disparaître. Je ne vis plus que des arbres penchés sur l'eau. Entre leurs ombres, des poissons affleuraient. Il faisait déjà chaud.

À dix heures à peine, je reconnus sur la gauche le détour qui n'était pas sur les cartes. Les eaux de la rivière se parta-geaient en deux. Je pris donc cette boucle, laissant parfois mes rames dans l'eau pour relire attentivement le plan que j'avais imprimé la veille. Sur le papier fané comme un parchemin, le rectangle de la maison était toujours là.

Et puis, après un tournant, je vis le toit de tuiles.

Cent fois, j'avais fait mes calculs : les années passées, la longévité des hommes… Je savais que mon attente était folle. Mais y avait-il une seule chose sensée dans cette histoire ? En m'approchant de la maison, j'étais certain de voir venir à moi Perle et ses vieux chiens.

Le sable envahissait le ponton. Je fis échouer ma barque, posai le pied sur la rive. La porte ne s'était pas ouverte. La végétation dévorait les murs et le toit. Je fis quelques pas dans l'herbe haute.

– Monsieur Perle ?

J'appelais d'une voix faible, comme si je voulais laisser une chance qu'il ne m'ait pas entendu, une chance que ce soit pour cela qu'il n'apparaissait pas devant moi.

Il faisait très beau. Il devait être resté à l'ombre.

Perle pouvait avoir plus de quatre-vingts ans maintenant. Il avait bien le droit de ne pas venir à ma rencontre. Il dormait sûrement dans le grand fauteuil qui ressemblait à un crapaud.

– Je peux entrer ?

J'ai poussé la porte et elle est tombée verticalement comme un pont-levis qui s'abaisse.

Sortant de la lumière de midi, je mis du temps à voir apparaître l'intérieur de la maison. J'avançais à petits pas sur la porte étalée dans la poussière. La maison devait être abandonnée depuis des années. Aucune trace de la présence d'un habitant. Le lit, les buffets, l'évier de pierre. Tout avait disparu. Et cette grande muraille qui avait provoqué mon émerveillement ? Les centaines de bagages entreposés ? Où étaient-ils ? Quel voyageur pouvait s'en aller avec cet équipage ? Un prince arabe et sa caravane de chameaux ?

L'évidence était que j'avais rêvé, que j'avais meublé de mes rêves cet endroit.

Je me raccrochai alors à la vieille scie circulaire posée dans un coin. C'était bien celle de mes souvenirs, avec sa courroie et son moteur. Il y avait autrefois une bicyclette qui s'appuyait contre elle. Mais je me demandai tout à coup comment une scie avait pu trouver sa place dans l'intérieur de M. Perle et pourquoi je n'en avais pas été surpris. Peut-on poser une scie énorme près d'un lit ? Et une bicyclette ? Même les souvenirs que je croyais retrouver commençaient à vaciller.

Je m'avançai dans l'ombre, cherchant un autre objet que j'aurais pu reconnaître, une valise oubliée ou l'écuelle des chiens. Mais il n'y avait rien d'autre que ces ruines, une grange éventrée au bord d'une rivière.

Je vins m'adosser à une poutre. Je regardai la lumière des fenêtres.

J'étais venu dans ces murs, je le savais. Je me souvenais du feu et de la bouilloire, de l'odeur des chiens qui revenaient de leur bain, des yeux de Perle, gris comme l'orage. Je n'avais pas besoin d'en trouver des traces. Ce que je voulais, c'était savoir où il était parti, pourquoi on m'avait adressé cette boîte. Qu'attendait-on de moi ?

J'ai franchi le seuil, j'ai levé la main pour me protéger du soleil. Le long du mur de la maison, entre l'eau et les poiriers, mon pied a heurté quelque chose dans l'herbe.

Il y avait une butte de terre. Une butte rectangulaire, recouverte d'herbes folles. Je me suis baissé, les deux genoux dans la terre. J'ai écarté les roseaux et les papillons avec la main.

C'était une tombe.

26

Un vieux garçon

Tous ceux qui ont vécu à Paris dans les années d'après-guerre se souviennent du rayonnement de la Maison Perle.

Cette microscopique boutique connut à cette époque un succès extraordinaire. On racontait partout l'histoire de ce couple juif assassiné pendant la guerre et dont le fils unique de vingt-cinq ans reprit l'affaire en 1945. À son retour, le jeune Joshua Perle avait dû chasser du magasin ceux qui y avaient fait prospérer clandestinement une affaire de marché noir pendant les dernières années de guerre. Derrière le rideau baissé, ils avaient stocké des montagnes de charcuterie et de sucre avec la bénédiction de la police, elle-même arrosée de liqueur et de vin d'Espagne.

Le fils Perle passa la première année à restaurer la boutique saccagée par les brigands. Il avait pour cela une seule photo de la vitrine d'autrefois. Il refit tout seul les boiseries, les cuivres, les miroirs. Il renoua avec les fournisseurs. Il retrouva dans les caves les bassines, les moules de confiseur, et même l'enseigne avec sa couronne coiffée de perles.

La Maison Perle rouvrit à l'automne 1946. Et malgré les pénuries de ces années-là, ce fut un succès immédiat.

La confiserie avait toujours eu excellente réputation. Elle existait depuis la fin du siècle précédent, mais pour beaucoup de gourmands de la rive droite la décennie d'après-guerre reste dans les mémoires sous le nom « des années guimauve ».

Perle travaillait entièrement seul, jour et nuit. Il n'avait même pas un commis pour la cuisine. Il préparait, vendait, livrait des guimauves par milliers. Ses journées ne finissaient jamais. Il dormait d'ailleurs sous le comptoir de la boutique plutôt que dans le petit appartement du premier étage qui restait calfeutré derrière ses rideaux.

Avec la petite gloire de la Maison Perle vinrent les jalousies.

La première rumeur apparut dès la première année et fut heureusement assez vite balayée. Au retour de la guerre, on avait beaucoup parlé d'escrocs qui se faisaient passer pour les descendants de familles disparues. Les commerçants voisins commencèrent à dire que le fils Perle était mort dix ans plus tôt de la grippe espagnole, et que le faux Perle, héritier de l'affaire, était l'un de ces détrousseurs qui faisaient les poches des morts en profitant de la tragédie.

Ce soupçon aurait pu devenir sérieux. Mais les clients découvrirent un matin dans la boutique, près de la caisse enregistreuse, une petite vitrine qui ressemblait à un musée de poche. On y voyait une demi-douzaine de décorations, croix de guerre, médailles de la Résistance, ainsi que des papiers militaires au nom de Joshua Perle, des photos du soldat en uniforme de spahi, les lettres d'un colonel, d'un ministre.

Jusque-là, Perle n'avait jamais fait état de ses faits d'armes. On croyait même qu'il revenait d'Amérique avec ce petit accent étrange. La vitrine demeura une semaine à peine et disparut comme la rumeur. Perle était un héros, voilà qui n'arrangeait pas les affaires des médisants.

Devant la popularité toujours plus grande de la Maison Perle, il fallut trouver autre chose et s'intéresser au garçon lui-même et à sa manière de vivre.

Il y avait largement de quoi jaser.

Joshua Perle était jeune, charmant. Il avait l'œil limpide. Il se comportait agréablement avec les clients, les visiteurs, les fournisseurs, les gens qu'il croisait dans la rue, mais il faut reconnaître qu'il avait une existence totalement farouche par ailleurs. On le disait misanthrope, vieux garçon, avare, louche, asocial, hypocrite… Les filles qui lui avaient fait la cour avant-guerre s'étaient mariées depuis longtemps, même si la belle Suzanne, la fille du plâtrier, qui ne lui en voulait pas, revenait avec ses trois petits garçons acheter chaque jeudi une tonne de guimauves, juste pour le voir.

Ces commérages n'avaient absolument aucun effet sur le succès de la Maison Perle. On y venait pour les guimauves, si désirables dans leur papier blanc, pour le magnétisme du confiseur, pour cette odeur d'amande grillée qui montait entre les lattes du plancher et l'air presque solide autour de soi quand on entrait.

Aucune jalousie n'aurait pu détruire cela.

Le sommet de la contestation eut lieu la deuxième année quand Perle prit la décision de fermer trois jours par semaine. Le magasin n'était dorénavant ouvert que du mardi au vendredi de huit heures à huit heures.

Cela fut pris comme un affront par tous les commerçants du coin. On disait que Perle s'était monté la tête, qu'il méprisait le client, se prenait pour une vedette de cinéma, qu'il était hautain, ramolli, trop gâté, suffisant, égoïste, marginal, paresseux... On n'osait pas avouer que quand la Maison Perle était fermée, le quartier ne faisait plus d'affaires. C'était l'unique raison de ces reproches. Alors les questions revenaient : que faisait-il de son argent ? Où s'en allait-il quand il fermait ? N'avait-il pas de petites amies en province ? S'était-il acheté un pavillon ? Le volailler de la rue Dupuis expliquait à tous que Perle vivait comme un petit vieux et qu'à trente ans, il pensait déjà à la retraite. Il disait qu'il le voyait partir le vendredi soir avec son petit chapeau et sa valise.

Il secouait la tête.

– Moi, si c'était mon fils, ça me ferait de la peine.

Il regardait fièrement à côté de lui son propre fils qui ressemblait à une patte de poulet et savait à peine vider un chapon alors que Perle, beau comme personne, travaillait pour dix et avait une file d'attente jusqu'au square.

Il répétait aussi « ses pauvres parents ! », mais Jacques et Esther Perle devaient exploser de fierté quelque part au paradis des confiseurs.

– Ça se voit dans ses yeux, rabâchait le volailler, je vous dis, c'est un petit vieux.

Mais Joshua Perle, quand il passait devant chez le volailler avec sa petite valise le vendredi, se dirigeait vers la gare de l'Est, la gare du Nord ou l'aéroport du Bourget. Il partait dans la nuit pour Rotterdam ou Prague, il prenait l'Orient-Express et sautait en marche avant la frontière turque. Il embarquait à Cherbourg vers de petits ports d'Irlande. Il naviguait tous feux éteints sur les canaux d'Amsterdam. Il avait rendez-vous sur les docks de Gdansk ou sur le marché de Paradas, en Andalousie.

S'il ne soulevait pas le rideau de fer de sa boutique, c'est parce qu'il se glissait sous un autre rideau, qui partageait l'Europe à cette époque. Il défiait le mur à Berlin, passait ses valises à travers les barbelés des frontières. Et quand il n'était pas dans ses guimauves, le mardi à cinq heures du matin, ce n'était pas qu'il arrosait les chrysanthèmes d'un pavillon de bord de Marne, c'était qu'il avait dû aller jusqu'à Kharkov ou Naples, qu'un charlatan cherchait à le perdre dans les rues de Casablanca, qu'il était bloqué dans une tempête de neige, ou qu'un marchand de toc en voulait à son or.

Le petit vieux d'à peine trente ans, avare, étriqué et oisif, brûlait ses jours, ses nuits et tout ce qu'il gagnait par amour fou pour une fée. Il affrontait tous les dangers, sillonnait l'Europe, laissait des fortunes dans les mains de contrebandiers pour former le trésor le plus immatériel, le plus improbable que la folie d'un collectionneur ait jamais rassemblé.

Dès la réouverture de la Maison Perle à l'automne 1946, il se mit à la recherche du médecin alsacien qui l'avait aidé pendant ses années de captivité. Ce n'était pas seulement parce qu'il cherchait des certificats de bonne conduite au moment où on commençait à l'accuser de ne pas être Joshua Perle. Il avait aussi d'autres projets.

Le médecin du camp de prisonniers était bien en vie. Ils se retrouvèrent à Marseille où le docteur allait prendre un bateau vers l'Égypte.

Ils étaient sur une petite place, assis sur des marches au soleil. Des enfants jouaient à la guerre autour d'eux.

– Je ne pensais pas que vous aviez survécu, dit le docteur en souriant.

Perle haussa les épaules, un peu gêné.

– Notre ami Brahim est mort.

Perle acquiesça.

– Kozowski avait tout prévu. On ne fait pas de chantage avec le diable.

En regardant les enfants courir dans le soleil d'automne, ils se rappelaient tous les deux le mouroir de l'hôpital du camp. Tout cela se passait pourtant dans un même monde.

Perle désigna le sac du docteur.

– Vous partez.

– Oui. Je ne reviendrai pas. Il y a des fouilles dans une vallée, en Égypte. Je vais leur servir de médecin. Et puis, je chercherai d'autres tombeaux à explorer, années après années, jusqu'au mien…

Il tendit une enveloppe à Joshua.

– Voici la lettre que vous m'avez demandée. Je dis beaucoup de choses gentilles sur vous.

– Ce n'est pas pour moi…

– Je sais. On nous demande même la preuve écrite de nos cauchemars.

Perle prit la lettre en pensant au capitaine Alexandre : « Il leur faudra des preuves », disait-il.

– Je voudrais vous demander autre chose.

– Allez-y.

– Où est Kozo ?

Le docteur leva un peu son visage vers le soleil.

– Je l'ai guéri. C'est triste à dire. Mais je l'ai guéri.

Il ne pouvait pas s'empêcher de rire.

– Je vous jure que je n'ai pas fait exprès.

Perle restait bien concentré.

– Où est-il ?

Le docteur s'arrêta de rire.

Il regarda Perle. Il voyait bien que ce garçon ne cherchait pas la vengeance.

– Toujours cette écaille ?

Perle ne répondit pas.

– Il l'a reprise sur Brahim. J'étais là quand on a rapporté le corps. J'ai aussi appris que Kozo l'avait volée avant la guerre à un cordonnier de Cracovie. Un Portugais.

– Où est Kozowski ?

– Ce sont les Soviétiques qui ont libéré le camp. Kozo a tout de suite viré de bord. Il est devenu leur ami. Il s'est fait nommer interprète de l'état-major.

Le docteur se leva. Il devait partir.

– Mais ne faites pas n'importe quoi. Je vous l'ai déjà dit. Je connais bien ces choses. J'ai couru après toute ma vie… Et j'y retourne encore, vous voyez.

La corne d'un bateau se fit entendre.

Il lui serra la main.

– Faites attention. Les mystères ne se laissent pas capturer.

Au moment de lâcher la main de Perle, il vit la corde et le cuir à son poignet. Il écarta la manche et se baissa vers la fronde enroulée.

– Où avez-vous trouvé ça ?

– C'est à moi. Ça vient de chez moi.

Le docteur resta longtemps à contempler l'objet.

Il lâcha la main, appuya ses lunettes sur son nez, stupéfait. Il regarda Joshua dans les yeux comme s'il l'avait toujours su.

Le bateau continuait à appeler au milieu des cris des enfants.

Le docteur dodelina de la tête, recula d'un pas.

– Kozo est à Moscou, dit-il en s'éloignant, le sac sur l'épaule.

Au passage, un enfant lui tira dessus avec deux doigts tendus en forme de pistolet. Il fit semblant de mourir dans des convulsions, puis se releva, ramassa ses lunettes et s'en alla en lançant un dernier regard vers Perle.

27

La collection

Impossible de dire comment Joshua Perle rejoignit Moscou en janvier 1947. Mais cette expédition servit de modèle à toutes celles qu'il fit dans les années suivantes. Des voyages éclairs qui ne laissaient à personne le temps de se rendre compte de rien. De même qu'on ne se brûle pas en passant la main rapidement dans les flammes, il comprit qu'en surgissant et en disparaissant aussi vite, on pouvait affronter les ennemis les plus impitoyables.

Les cambrioleurs un peu doués savent qu'une opération réussie ne peut pas être une valse à trois temps : j'arrive, je vole, je pars. Deux temps seulement s'imposent : j'entre et je pars. Le vol doit trouver sa place entre les deux.

C'est ainsi que Bartosz Kozowski se retrouva suspendu au plafond de son bureau du Kremlin. Il n'avait vu entrer personne. Son erreur était de porter une cravate solide en plus du cordon d'argent auquel était attachée l'écaille de sirène. Une main venue de derrière son épaule saisit cette cravate et l'accrocha au lustre au-dessus du bureau. Il y resta quelques secondes, les pieds dans le vide.

Il trouva son salut dans la mauvaise qualité du lustre. Kozo tomba, se cassa toutes les dents sur le rebord du bureau et réalisa que son écaille de sirène avait disparu.

Deux jours plus tard, à Paris, Perle ouvrit la boutique avec cinq minutes de retard.

Par la suite, chaque fois ou presque, il voulut agir sans violence et sans effraction. Mais dès cette première opération, il refusa surtout de ne pas régler ses dettes. L'écaille ne lui appartenait pas, il fallait la payer.

Un mois plus tard, il alla donc à Cracovie. Il n'eut pas de mal à trouver le seul cordonnier portugais de la ville. Il n'y en avait pas des dizaines à ce moment-là en Pologne.

Il neigeait sur les rues.

Avant d'entrer dans le magasin, Perle retira une de ses chaussures et frappa la semelle contre la glace qui pendait à une gouttière. Le talon sauta.

Le vieux cordonnier parlait un peu français. Il ne demanda pas ce que Perle pouvait bien faire dans cette ville, trop habitué à ce qu'on lui pose la même question.

– Je répare tout de suite ?

– Oui. Il neige et je n'ai rien d'autre pour marcher.

– Attendez-moi ici.

Le cordonnier mit son tablier de cuir et disparut dans la pièce voisine où se trouvait son établi. On entendit les premiers coups de marteau. Perle s'était glissé derrière le comptoir, il commença à fouiller les casiers où s'entassaient du cuir, des semelles, et un amas d'accessoires étranges.

Ce cordonnier avait été propriétaire de l'écaille de Kozo, il possédait peut-être d'autres trésors.

On entendait maintenant des bruits de lime dans l'atelier. Perle se plia en deux pour tirer un coffre clouté qui avait été glissé sous la tablette la plus basse. Il l'ouvrit à moitié et y plongea les mains.

– Ne bouge pas.

Perle tourna la tête.

– J'ai dit de ne pas bouger.

Le cordonnier braquait sur lui un fusil de chasse dont les deux canons étaient assez larges pour y passer les bras.

– Lève les mains.

Perle sortit les mains du coffre, elles étaient noires de cirage.

En se retournant tout doucement, il vit que l'homme tremblait.

– Qu'est-ce que tu cherches ?

Perle comprit que le cordonnier était prêt à tirer.

– Tu viens encore pour lui ? demanda-t-il.

– Je ne comprends pas, dit Perle.

– J'ai dit que je n'ai plus rien. Vous êtes déjà venus deux fois.

– Vous parlez des hommes de Kozowski ?

Le cordonnier continuait à trembler.

– Je l'ai puni, dit Perle. Kozowski ne viendra plus.

– Alors pourquoi tu es là ?

– Je viens payer pour lui.

L'effet de surprise aurait pu déclencher un massacre.

– Prenez dans ma poche, dit Joshua Perle. Il y a un paquet blanc.

Le vieil homme avait l'air perdu. Il baissa légèrement l'arme.

– Donne le manteau, dit-il.

La neige avait fondu sur ses épaules. Perle retira très lentement son lourd manteau.

L'homme le prit d'une main, l'arme pesait dans l'autre. Il chercha à fouiller la poche.

– Posez votre fusil, dit Perle. Il n'est pas chargé.

– Qu'est-ce que vous en savez ?

– C'est le fusil d'un client. Vous étiez en train de refaire la bandoulière en cuir. Posez-le. Je veux vous parler.

Et en effet la bandoulière brodée était à moitié recousue. Elle pendait sous son bras. Le cordonnier tremblait plus que jamais. Il baissa doucement l'arme et la posa sur le comptoir.

Perle le regardait faire. L'homme sortit de la poche un paquet blanc de la Maison Perle. Il l'ouvrit à peine et se précipita pour aller fermer les deux loquets de la boutique. Il revint à sa place, compta les billets.

– Je paie à sa place, expliqua Joshua. C'est moi qui ai récupéré l'écaille que Kozo vous avait volée.

Le vieux cordonnier s'essuya le front avec sa manche. Il y avait dans ce papier à peu près la valeur de sa boutique.

– Où aviez-vous trouvé l'écaille ? demanda Perle en allant jeter un coup d'œil dans la rue.

– C'est une histoire ancienne. Un Allemand qui voulait payer un manteau et une paire de bottines chez moi. Il avait tout perdu après la Première Guerre. Il ne lui restait que ça. Il traînait partout en Europe. Il buvait beaucoup.

— Est-ce que vous vous rappelez son nom ?

— Non. Un autre homme a essayé de me la racheter, plus tard. Quelqu'un de Lisbonne comme moi. Un marchand de café. Il s'appelait Caldeira. Je pense que c'est lui qui a dit à Kozowski que j'avais l'écaille.

Perle comprit qu'il ne pourrait pas en savoir plus. Il remit son manteau.

— C'est trop d'argent ce que tu as donné, dit l'homme. Je l'ai eue il y a trente ans, pour le prix d'une paire de bottines.

— Alors offrez-moi la réparation en plus.

L'homme alla chercher le soulier dans l'atelier.

Perle venait de penser à quelque chose.

— Vous avez dit que l'Allemand vous a acheté des bottines et un manteau ?

— Oui.

— Les bottines, il les a payées avec l'écaille...

— Oui.

— Mais le manteau ?

L'homme fit un sourire. Il aida d'abord Perle à enfiler sa chaussure. Il noua soigneusement ses lacets.

Il se releva.

Il arracha un morceau de cuir qui était cousu sur le plastron de son tablier de cordonnier et le posa devant Perle.

— Le manteau, il l'a acheté avec ça.

C'était un carré de peau tannée avec un ourlet en fil de cuivre.

Perle attendit un peu et le prit dans ses mains. Il sentit tout de suite la vibration particulière de l'objet.

Ce talent ferait de lui le plus impitoyable chasseur de

relique. Personne ne pouvait l'abuser. Il savait reconnaître ce qui venait des féeries. Il n'avait pas beaucoup de mérite. C'était une mémoire intime des choses. Qui ne reconnaîtrait pas l'odeur du lilas de son enfance, ou la sensation du sable collé sur le corps quand, après un bain, on s'est roulé sur la plage ?

— Vous savez ce que c'est ? demanda le cordonnier.

D'un mouvement lent de la tête, Perle acquiesça. C'était un morceau de botte de sept lieues en parfait état.

— Je vous le donne. Vous êtes un homme honnête. Moi, je vais fermer le magasin et rentrer finir mes jours dans mon pays.

Il retira son tablier avec solennité.

Perle tenait contre lui le morceau de cuir.

Tout commençait.

Il demanda :

— Redites-moi comment s'appelait le marchand de café dont vous avez parlé ?

— Caldeira.

Ils se serrèrent la main. Le cordonnier éteignit les lumières.

Perle retourna à Paris. Il ouvrit à huit heures le matin de Mardi gras. Il servit ce jour-là deux cents clients. Mais il avait donné l'avant-veille tout l'argent qu'il avait gagné depuis l'ouverture du magasin. Il faudrait beaucoup travailler pour financer cette folle croisade.

Dans sa petite valise, glissée au milieu des sacs de sucre, on pouvait trouver, enveloppés dans le papier de soie des Perle : une écaille de sirène et un morceau de botte de sept lieues. Avec la fronde qu'il gardait toujours au poignet, ce furent les premiers joyaux de sa collection, les premiers cailloux sur le chemin du retour. Avec cela, il déferait le sortilège en apportant des preuves.

D'autres trésors et d'autres valises vinrent peu à peu les rejoindre.

À Lisbonne, il trouva Vasco Caldeira qui était courtier en café et cacao. Il était à la retraite depuis dix ans et vivait dans une petite maison au bord de la mer. Perle lui parla du cordonnier. Le vieil homme admit qu'il l'avait connu même s'il n'était pas lui-même collectionneur.

– Je voyageais. Je rencontrais du monde. Je remplissais des bateaux de sacs de café. Mais, au fond, j'avais des envies de pirate. Je me suis mis à cette contrebande.

Caldeira alla chercher une feuille blanche à l'en-tête de la Compagnie portugaise des épices.

– Vous êtes jeune, dit-il en s'asseyant devant une bougie, face à la mer. Pourquoi vous intéresser à ça ? Vous feriez mieux d'être amoureux.

– Peut-être, dit Perle.

En une heure de temps, gribouillant sur le papier, Caldeira dessina pour Joshua Perle la cartographie de ce qu'il appelait la contrebande.

Il donna les noms des marchands, l'emplacement des zones actives, les souks, les ports, les bazars. Il raconta la violence des trafics, les filières, les rivalités. Sa plume grattait le papier, traçait des flèches, tissait des liens entre les continents. Il expliqua les manœuvres, les ruses, les tarifs. Perle écoutait attentivement.

Vasco Caldeira termina par un conseil. Il avait roulé la feuille de papier et commençait à la brûler dans la flamme.

– N'en gardez pas trop avec vous. Tous ceux qui ont mal fini sont ceux qui en voulaient trop. Laissez les objets repartir.

Il ne savait pas exactement expliquer le danger, mais il répétait que les collectionneurs qui s'étaient fait déborder terminaient mal. Terriblement mal.

Le papier brûlait maintenant sur la table.

– Le sang et la ruine, répétait-il en montrant l'océan qui venait lui caresser les pieds. Le sang et la ruine. Voilà pourquoi je n'ai jamais rien gardé. Regardez-moi. Est-ce que je ne suis pas bien ici ?

Perle ne suivit pas ce dernier conseil. Il vendit les meubles de l'appartement du premier étage et commença à y entreposer son trésor. Dix ans plus tard, les valises commençaient à racler le plafond du salon. Dans l'ancienne chambre de Joshua, on ne pouvait plus ouvrir la fenêtre. Le tas débordait dans le couloir. La cuisine abandonnée par Mme Perle avait été changée depuis longtemps en bagagerie.

La Maison Perle devenait une petite ambassade des royaumes, une enclave des féeries. Perle possédait un vitrail taillé dans des griffes de dragon, un jupon que l'usure rendait transparent ou encore le pépin d'une pomme fameuse, pris dans l'ambre pour qu'il ne puisse empoisonner personne. Il avait même racheté avec émotion un morceau de son propre berceau échoué sur une plage et passé de main en main pendant des années.

Une nuit où Joshua n'était pas à Paris, des voleurs voulurent s'en prendre à la Maison Perle. Ils ne trouvèrent pas un sou dans la boutique. Au même instant, tout l'argent de la caisse était échangé par Joshua contre une mule chargée de valises, en pleine montagne, à la frontière italienne. Mais les cambrioleurs découvrirent sur le comptoir la clef de l'appartement. Ils montèrent donc, voulurent entrer et ne réussirent pas à pousser la porte. Ils abandonnèrent le combat.

Quand Joshua revint, il trouva la clef oubliée sur le tapis de l'escalier. La porte était bloquée. Il réussit à escalader la fenêtre de l'appartement et l'ouvrit en cassant un carreau.

Il écarta le rideau. Toutes les valises avaient été poussées contre la porte pour qu'il soit impossible d'entrer.

Par où était sorti ce sauveur ? Quelqu'un avait déplacé les deux ou trois cents valises de la pièce pour protéger la collection. Joshua ne fut pas surpris. Il était habitué. Mais cette protection singulière n'empêcha pas un jour l'effondrement de la Maison Perle.

28

Le sang et la ruine

Le premier signe eut lieu en plein été 1959.

Joshua Perle était dans la boutique à écouter le bruit de la ville.

C'était un de ces rares moments où il aurait pu imaginer ne plus partir, choisir plutôt ce monde, oublier Oliå. Cette heure-là de l'après-midi, entre deux et trois, quand il ne se passe presque rien, lui faisait dangereusement aimer son exil.

Il avait éteint la lumière électrique. Le soleil qui se reflétait dans le mur d'en face suffisait à embraser les cuivres. Autrefois, Jacques Perle appelait cela l'heure creuse. La fraîcheur du sous-sol grimpait l'escalier de fer. Aucun bruit dans la rue. Joshua entendait de temps en temps quelques mots à une fenêtre, un rire étouffé, des oiseaux sur un balcon. Parfois, très rarement à cette heure-là, quelqu'un poussait la porte de la boutique. Perle souriait au visiteur et revenait à sa contemplation.

C'était parfois une jeune femme qui disait :

– J'ai laissé les enfants dormir là-haut. Je ne devrais pas. Mais j'ai très faim.

Perle faisait un geste avec ses mains ouvertes qui voulait dire : « Tout est bien, vous êtes la bienvenue. »

Elle parcourait du regard les guimauves dans la vitrine.

Perle lui laissait le temps, ne disait rien.

Pour une fois, il ne pensait plus aux valises qui devaient peser lourd sur le parquet au-dessus de sa tête. Il observait cette dame devant lui, qui vivait dans le même monde que lui, ce monde qu'il avait d'abord trouvé un peu plat et qu'il s'était mis à aimer. Il s'était fait à cette fadeur, à ces petits défauts, cet ennui. Il commençait même à en voir la magie.

La cliente faisait un claquement doux avec sa langue, pour meubler son hésitation. Elle portait parfois sa main à sa bouche, mordait ses lèvres en se penchant pour mieux regarder.

– Tout fait envie.

Perle refaisait en souriant son geste qui voulait dire aussi bien « tant mieux » que « tant pis ».

Il se disait qu'ils devaient avoir tous les deux le même âge, trente-huit ou trente-neuf ans. Il se demandait brièvement s'il n'aurait pas dû cesser de se cogner au verre de ce bocal et plutôt s'immerger dans l'imperfection du monde, se poser, avoir des enfants qu'il laisserait quelques minutes pendant la sieste pour aller acheter quelque chose en bas.

Alors, la dame se jetait sur une guimauve à la vanille. Il sortait ses grandes feuilles de papier. Elle prenait au dernier moment une autre guimauve pour son mari.

– La même, oui, la blanche.

On voyait sur le papier les deux guimauves translucides avec leur gousse entière à l'intérieur. Elle payait et elle s'en allait.

Le silence revenait. Cela ne durerait pas longtemps. Dans quelques minutes, il y aurait à nouveau du monde. Et Iliån repenserait à Oliå.

L'événement se passa donc pendant cette heure bénie du début de l'après-midi.

Une femme entra dans la boutique avec une grosse valise. Perle la reconnut tout de suite. C'était une de ces contrebandières à laquelle il avait acheté plusieurs objets. Mais il n'avait jamais donné un nom ou une adresse à aucun de ses contacts.

Elle examinait la boutique autour d'elle.

Perle la regardait froidement. Elle avait vingt-cinq ans. Elle se faisait appeler Carmen. C'était une redoutable négociatrice.

– Je ne savais pas comment vous trouver, dit-elle pour s'excuser. Mais la dernière fois, j'avais vu le nom sur l'emballage quand vous faisiez le paquet. Alors je suis venue.

Ils savaient tous les deux que ce n'était pas dans les usages.

Elle posa la valise sur le plancher.

– Je pense que vous pourrez être intéressé.

– Il y a des règles, dit Perle.

– C'est une histoire particulière.

– Ça ne change rien.

– J'ai lu qu'un homme a été repêché à Bruges, après un

bal masqué. Il s'est noyé. Il y avait une photo de son costume dans le journal. La police n'arrivait pas à l'identifier.

Perle ne faisait pas confiance à cette fille. Il savait qu'elle n'avait pas la petite fêlure qu'il aimait chez tous ceux qui travaillaient dans les filières, même les plus sinistres.

Ils étaient peut-être une vingtaine dans le monde entier. Certains étaient recherchés par toutes les polices. Il y avait des fous dangereux, des illuminés. Mais ils étaient là pour approcher le mystère. Carmen, elle, faisait seulement des affaires. C'était tout. Et elle aurait pratiqué le trafic de fromage blanc si cela avait été aussi rémunérateur.

– J'ai récupéré les vêtements à la morgue. Personne n'a réclamé le corps.

Perle la fit passer avec sa valise dans l'arrière-boutique. Elle continuait à regarder autour d'elle comme si elle s'attendait à voir, encadrés au mur, les trésors qu'il lui avait achetés à grands frais la dernière fois.

Perle posa la valise sur l'évier et l'ouvrit.

Sous un tissu noir reposaient une cotte de cuir, un carquois, des guêtres, un arc brisé. Tout l'équipement des archers de son royaume.

Il retira vivement ses mains de la valise. Carmen guettait une réaction sur son visage.

– Je n'achète pas.

Perle prononça ces mots sans montrer son effroi, mais il savait que l'archer n'était pas venu pour rien dans ce monde.

– Allez-vous-en, s'il vous plaît.

Si l'archer était mort, d'autres viendraient. Ils cherchaient Perle. Et Carmen avait peut-être déjà été repérée.

– Laissez-moi, murmura-t-il. Je n'achète plus rien.

Elle se posa sur une chaise avec un grand soupir.

– Je viens de loin. On m'avait dit que vous preniez tout. Je suis déçue.

– On vous a menti. J'ai arrêté. Je fais des guimauves.

– Ça tombe mal, dit-elle.

Elle faisait mine de s'installer durablement, bien campée sur sa chaise, insolente, dégrafant son col. Perle comprit le danger qu'elle représentait. Il sortit d'un tiroir une liasse de billets et la posa devant la jeune femme. Celle-ci commença à les compter. Il était quatre heures. On entendait entrer les premiers clients dans la boutique. Des enfants chuchotaient devant les guimauves en attendant.

Quand elle eut fini de compter, elle fit semblant d'hésiter mais les yeux de Perle l'en dissuadèrent.

– Ne revenez jamais ici, dit-il.

Elle se leva, sans un regard pour la valise qu'elle laissa sur l'évier. Elle se dirigea vers la boutique. Les clients la virent apparaître derrière le comptoir, la liasse de billets dans la main. Il y avait Suzanne avec ses enfants, et trois autres personnes. Perle était très pâle, Suzanne toute rouge. Elle regarda Carmen franchir le seuil et faire un petit geste à Perle à travers la vitrine.

Il ne répondit pas.

Il avait le pressentiment que c'était la fin.

Pendant un mois, il ne voyagea pas. Il n'eut pas la force de se débarrasser de la valise de Carmen. La nuit, quand le magasin était fermé, il restait à l'intérieur. Il avait acheté des dizaines de cartes de la France et il les regardait en les annotant carré par carré. Il préparait déjà sa fuite.

En septembre, pourtant, il ne put résister à la tentation. Il savait qu'en marge d'une foire aux bestiaux, aux portes de Paris, serait vendu un objet qui lui avait plusieurs fois échappé. C'était un dé à coudre de jeune fille, dans un alliage d'or. Sur son flanc était gravée, en spirale trop fine pour être lue, l'histoire qui avait rendu ce dé célèbre.

Un dimanche, à quatre heures du matin, Perle arriva sur le lieu de la vente. Des meuglements remplissaient la halle. Les vendeurs de bétail faisaient reluire leurs animaux massés entre des barrières. Dans un coin, quelques silhouettes se frayaient un chemin vers un petit homme qui avait aménagé un îlot au milieu de la mer de vaches.

Le vendeur était espagnol. Il salua Perle d'un hochement de tête, sans le regarder. Il expliqua entre ses dents, en brossant la croupe d'une bête, qu'il manquait deux acheteurs pour commencer la vente. Ils avaient encore cinq minutes pour arriver. Perle s'éloigna aussitôt.

Mais les retardataires ne se présentèrent pas.

À l'heure prévue, le vendeur dressa malgré tout un tréteau et une demi-douzaine de personnes convergèrent en un instant comme autour d'un joueur de bonneteau. Perle les avait tous repérés. Ils venaient au moins de trois continents. Sur le plateau était posé le dé à coudre dans sa boîte rouge. Les rassemblements ne duraient jamais plus de deux ou trois minutes. Le vendeur allait annoncer un prix.

Un homme surgit alors en sueur au milieu d'eux. Le bétail les pressait de tous côtés.

– *Falta Carmen ?* lui dit le vendeur en le reconnaissant.

L'homme était seul. Il aurait dû arriver avec Carmen.

Pour l'instant, il ne pouvait même pas parler.

– *Carmen ha muerto*, souffla-t-il.

Le temps qu'il dise ces trois mots, cinq acheteurs s'étaient déjà volatilisés dans la halle.

– Morte ? demanda Perle en s'approchant.

– Cette nuit. Dans le train. Avec moi.

Et l'homme sortit de sa veste une flèche ensanglantée.

Perle se mit à courir au milieu des animaux.

Il sortit dans la nuit. Les camions des éleveurs étaient garés sur un terre-plein. Il repéra une petite bétaillère Citroën. C'était l'engin le plus maniable au milieu de ces énormes machines. Il grimpa, trouva la clef cachée sous le siège et démarra. Il n'avait pas conduit depuis ses années dans le maquis de Provence. Il regarda dans le rétroviseur. Personne ne le suivait.

Perle rentra dans Paris par la porte d'Orléans à cinq heures moins le quart du matin. Il s'attendait au pire. Carmen en savait trop sur lui. Depuis le début, il était sûr qu'ils passeraient par elle qui s'était intéressée de trop près au cadavre de Bruges. Elle avait forcément parlé pour tenter de sauver sa peau.

Il laissa le camion à cinquante mètres de la boutique.

Les lueurs du matin ne descendaient pas jusqu'au pied des immeubles. La rue était déserte. Comment ses ennemis pouvaient-ils ne pas être encore là ?

Perle entra dans le magasin. Personne. Il chercha à distinguer des bruits de pas au-dessus de lui.

En deux heures, il vida les lieux. Il avait garé le camion sous les fenêtres de l'appartement et y jetait les valises une à une. Il démarra finalement et disparut sans savoir que trois ombres approchaient au milieu des cheminées et des gouttières, du côté du faubourg du Temple. Trois archers qui sautaient de toit en toit sans un bruit.

Le lendemain, la police trouva la boutique entièrement saccagée. Les miroirs étaient fêlés, les vitrines intérieures éventrées. Du sucre crissait sous les pieds. À l'étage, les parquets de l'appartement avaient été arrachés, latte par latte. Aucun meuble dans les pièces.

Les voisins n'avaient bien sûr rien entendu. Ils disaient aux agents qu'il ne fallait pas s'étonner. Le garçon en question n'avait jamais été très fréquentable. D'ailleurs, il recevait des dames dans son arrière-boutique et elles en sortaient les mains pleines de billets de banque. Les policiers écoutaient ces confidences en ramassant des gravats. Une jeune fille était entrée et se promenait dans les ruines. Les gens s'arrêtaient dans la rue.

Très loin de là, vers l'ouest, une bétaillère roulait sur des petites routes, entre des haies alourdies de mûres.

29

La vie d'Oliå

Elle s'était dit qu'au moins, elle vieillirait comme lui.

Elle ne pourrait que l'apercevoir, il ne la verrait jamais, mais ils vieilliraient et mourraient un jour dans le même monde. C'était sa consolation. Après quelques années, en passant près des miroirs, elle comprit que, même cela, elle ne l'aurait pas.

Taåge lui avait menti. Elle avait renoncé à la magie des fées, mais il lui avait rendu secrètement sa jeunesse éternelle, comme si c'était un moyen de la retenir un peu. Ainsi, la faute qu'il commettait à l'égard de son roi paraissait à Taåge moins irrémédiable. Il envoyait très loin Oliå pour se protéger mais il laissait une chance qu'on la retrouve un jour, intacte, le matin de ses quinze ans.

Les premiers mois furent les plus douloureux. Elle s'installa dans un immeuble, de l'autre côté de la Seine, de peur de croiser Iliån. Elle s'occupait le soir d'une vieille dame, ancien professeur de latin qui la logeait et lui apprenait le français. Elle s'était fait engager dans la mercerie d'un grand magasin en se disant plus âgée qu'elle n'était. À vrai dire, sa beauté remplaçait toutes les formalités d'embauche et les papiers d'identité. Elle faisait cependant l'impossible pour s'enlaidir. À cette époque, vers 1937, elle s'habillait avec des robes qu'elle trouvait dans les ventes de charité des bonnes sœurs. Elle s'était arrangé elle-même dans sa chambre avec des ciseaux de cuisine une coiffure si triste qu'elle aurait dû être interdite par la loi.

Mais il avait suffi de quinze jours pour que toutes les jeunes vendeuses du Bon Marché adoptent son style et sa coiffure.

Oliå s'appelait alors Solange. Elle s'aventurait de temps en temps du côté de la Maison Perle. Elle n'était jamais entrée mais elle passait subrepticement devant la vitrine. Quand elle le voyait à l'intérieur, c'était chaque fois un coup au cœur. Un mélange de peur et d'exaltation. Elle courait se réfugier dans un café, demandait un verre d'eau, se serrait tout au bout du comptoir pour reprendre son souffle.

– Ça n'a pas l'air d'aller, mademoiselle, disait le garçon de café.

Elle était contente qu'on lui parle pour être bien sûre d'être encore là, de ne pas s'être dissoute dans l'air.

– Ça va mieux, avec l'eau, merci.

Quelqu'un entrait parfois dans le café avec une guimauve de la Maison Perle. Un jour, on lui proposa même d'y goûter. Elle accepta. C'était si bon. Elle écrasait les larmes qui se mêlaient au sucre sur ses lèvres. Elle n'osait pas demander si c'était un jeune homme qui avait fait le paquet.

– Vous devriez y aller, c'est juste à côté.

– Aujourd'hui, je n'ai pas assez faim. Mais j'irai sûrement un jour. Je peux garder le papier ?

Elle vint aussi vadrouiller le soir, quand elle pouvait se cacher dans l'ombre. Elle regardait les lumières de la boutique. Elle observait Mme Perle qui passait en haut à la fenêtre de l'appartement. Une nuit, elle vit Iliån marcher sur le trottoir avec une fille qui riait. Elle eut envie de surgir et de se jeter dans les bras d'Iliån pour disparaître à jamais.

Elle quitta brutalement son travail quelques jours avant Noël 1938. Ce matin-là, le grand magasin était une ruche. Les vendeuses voletaient entre les rayons.

– Pour les coupons de flanelle, c'est au quatrième.

Oliå faisait son travail d'abeille ouvrière. Les clientes de la mercerie se jetaient sur les rubans et les échantillons.

– Mademoiselle, occupez-vous de madame qui cherche du galon fantaisie.

Dans ce champ de bataille, elle remettait les pince-bretelles avec les pince-bretelles et les boutons de culotte dans la case des boutons de culotte. Quand, vers onze heures, on lui demanda d'apporter des bobines à la confection au dernier étage, elle fut ravie de s'échapper un peu.

– Maintenant ?

– Vous seriez bien aimable, mademoiselle Solange.

Elle traversa le rayon des dentelles, prit un des escaliers qui montaient sous la coupole. Elle gardait les yeux en l'air pour ne rien perdre de la lumière des verrières. Elle se tenait fermement à la rampe.

Quand elle baissa les yeux, elle le vit qui descendait les marches d'un autre escalier, juste à côté.

Il ne l'avait pas vue.

Elle détourna la tête, serra contre elle le sac de bobines. Mais en arrivant à l'étage, elle prit le risque de se retourner pour le regarder. Iliån s'était immobilisé en bas de l'escalier. Une femme passa entre eux. Oliå en profita pour faire volte-face et disparaître entre des robes suspendues. Quelques instants plus tard, alors qu'elle s'était réfugiée dans une cabine d'essayage, elle le vit passer au milieu des clients. Il était remonté à son étage. Il la cherchait. Elle enfouit son visage dans ses mains, respirant le cuir de la fronde qu'elle gardait toujours autour de son bras. Elle attendit qu'il disparaisse, se précipita à nouveau vers l'escalier, dévala les marches.

En arrivant tout en bas, elle l'aperçut, au troisième étage, penché au garde-corps et fouillant du regard la foule. Elle se tassa un peu plus autour de ses bobines de fil. À chaque pas, elle craignait de se décomposer.

Elle voulut s'enfuir dans la rue mais un groom qui gardait la porte remarqua qu'elle cachait quelque chose contre elle. Il s'interposa.

– S'il vous plaît, mademoiselle.

Oliå passa en force, cramponnée à ses bobines.

– Mademoiselle !

Là-haut, Iliån regardait dans leur direction.

Oliå poussa la porte et disparut dans le froid.

Elle ne revint jamais au grand magasin.

Elle n'osait plus s'approcher de la Maison Perle. Elle

s'occupa un peu plus du vieux professeur de latin, passa le balai chez un coiffeur pendant quelques mois, travailla dans une épicerie. Si bien qu'elle n'apprit qu'à l'automne suivant qu'Iliån était parti à la guerre.

Mme Perle vit cette jeune fille entrer un matin dans la boutique.

– Je viens pour l'annonce.

– Quelle annonce, ma chérie ?

– L'annonce pour travailler.

– Il n'y a pas d'annonce.

– Il n'y a pas de travail ?

Esther ne pouvait pas vraiment dire cela. Son mari faisait des livraisons depuis l'aube. Ils avaient travaillé toute la nuit.

– Je n'ai pas besoin d'argent, dit Oliå. Je veux apprendre.

– Comment vous appelez-vous ?

– Léa.

Mme Perle lui conseilla de revenir le lendemain. Le soir, elle parla à son mari qui ne fut pas convaincu du tout. Esther lui demanda d'attendre quand même pour décider. Elle ajouta :

– Et tu me diras si tu remarques quelque chose.

Le lendemain, Léa était embauchée. Elle accepta un petit salaire de guerre. Mme Perle était très contente. Au moment de fermer, alors qu'elle entendait déjà la jeune fille frotter le sol dans l'arrière-boutique, elle dit tout bas à son mari :

– Alors ? Tu comprends de quoi je parlais ?

Perle répondit comme une évidence :

– L'accent.

Léa avait exactement l'accent de leur petit.

Pendant longtemps, il n'y eut aucune nouvelle du soldat. Cela dura presque deux ans.

Puis ils reçurent la lettre. Ces deux pages venues d'Allemagne réveillèrent beaucoup de souvenirs dans la Maison Perle. Oliå accepta qu'on les lui relise dix fois. Jacques Perle s'excusait de tant parler de ce petit.

– Vous comprendrez un jour, mademoiselle, disait-il.

Mais elle comprenait déjà. Et dans la rue, quand elle s'en allait livrer une boîte de guimauves, Oliå répétait le nom de Joshua, le nouveau nom de son amour.

Elle accepta de poser sur la photographie qu'on allait envoyer au prisonnier. Les Perle voulaient lui montrer comme la boutique allait bien. Oliå souriait devant l'objectif du pharmacien. Sur la photo, il ne resta que ses petits pas dans la neige. Elle savait depuis longtemps qu'elle ne laissait aucune trace sur les photos.

À cause de cela, malgré tous les faussaires qui s'y étaient essayé, elle n'eut jamais de papiers d'identité. À cause de cela aussi, son nom ne figura sur aucune liste. Même pas sur celle des hommes, des femmes et des enfants qu'on arrêta pendant l'été 1942.

Le jour de la rafle, le professeur de latin venait de mourir de vieillesse dans son lit. Oliå arriva donc pour la première fois en retard à la boutique.

Il n'y avait plus personne. Les guimauves attendaient sous leur toile légère. Elle ferma le rideau de fer.

Oliå se cacha pendant des mois dans l'appartement des

Perle. Elle savait que si Joshua était en vie, il reviendrait à cet endroit. Elle devait donc être là.

En novembre, des coups retentirent une nuit contre la porte. Elle éteignit vite les lumières. C'était lui. Elle passa des secondes déchirantes, assise par terre, le dos contre le bois de cette porte fermée à clef, à entendre sa présence derrière elle.

Elle pensa même ouvrir en grand, juste pour cet instant qui leur suffirait. Elle aurait peut-être le temps de toucher sa peau. Mais elle imaginait la solitude d'Iliån, l'instant d'après, si elle disparaissait.

Oliå ne l'entendit pas s'en aller. Elle crut alors qu'elle l'avait perdu à nouveau. Il revint un peu plus tard dans la soirée. Elle avait retiré la clef de la serrure pour qu'il puisse entrer.

Joshua n'était pas seul, cette fois. Il était avec Suzanne. Oliå avait juste eu le temps de se cacher dans le rideau.

Il s'en alla, emportant l'un de ses souliers. Cette fois, elle le suivit. Elle s'installa dans le même village de Provence, jouant parfois les anges gardiens. Elle se mit au service du capitaine Alexandre pour garder un œil sur son prince. Alexandre l'appelait sa renarde. Elle s'occupait du ménage et du linge.

Auprès du patron, Oliå fit le même chemin qu'Iliån. Elle comprit ce qu'il avait compris. Les sorts peuvent être défaits. Il leur fallait des preuves. Le dernier jour de la guerre, elle offrit à Joshua la première des preuves, détachant de son poignet le seul objet qu'elle avait pu garder de lui, la fronde. Elle le posa sur la table de la ferme Pilon.

Pendant dix ans, elle reprit espoir. À Paris, elle veilla sur la double vie de Joshua Perle. Elle le voyait préparer son retour. Elle savait, en le regardant passer, que chacun de ses gestes était un geste d'amour. Elle attendait ses retours de voyage comme une compagne l'aurait fait. Mais, quand il revenait enfin, elle ne pouvait que traîner au large de la boutique sans rien espérer.

Elle passa le temps.

Oliå s'était mise à lire.

Elle apprit le piano.

Elle s'asseyait dans les universités ou les écoles, elle écoutait les cours. Elle travailla dans une imprimerie, chez un orfèvre, un chapelier... On s'étonnait qu'une fille de quinze ans connaisse si bien la mode d'avant-guerre. Elle étudia le latin et le grec. Elle fut modèle pour un peintre qu'elle fascinait. Seule la peinture pouvait capturer cette beauté qui ne se laissait pas photographier.

Mais dans ce monde, rien n'avait le droit de durer. Après quelques années, on s'étonnait de sa peau d'enfant, de son visage immuable. Le chapelier lui posait des questions. Les professeurs la convoquaient dans leur bureau.

– Nous avons un problème.

Le peintre la rattrapait dans la rue, en dessous de l'atelier.

– Dites-moi, maintenant.

– Je ne vois pas de quoi vous parlez.

– Mademoiselle, je vous en supplie...

Elle s'échappait, partait ailleurs. C'était encore un déracinement. Il n'y avait que Joshua qui pourrait lui permettre un jour de s'arrêter.

Alors, elle venait rôder près de la boutique. Elle entrait dans l'appartement quand il était loin. Une nuit, elle le défendit même des voleurs en poussant toutes les valises contre la porte.

Elle finit pourtant par le perdre.

Oliå vit d'abord les lumières éteintes de la Maison Perle. Les badauds piétinaient les débris de verre dans le magasin. Elle entra. Il y avait des voisins qu'on interrogeait. Aucun ne savait ce qui s'était passé. L'un d'eux parlait de filles légères qui fréquentaient l'arrière-boutique.

— Mais je ne connaissais pas sa vie intime, disait le monsieur avec une fausse prudence.

— Il avait dû amasser beaucoup d'argent, ajoutait une dame.

Les policiers se promenaient, indifférents, faisant tomber les lézardes de plâtre avec des bâtons.

Oliå monta et découvrit l'appartement vide. Les archers avaient fouillé sous les parquets et gratté pour trouver des doubles-fonds dans les murs.

Elle le chercha pendant plusieurs années et finit par renoncer.

Elle devint danseuse, repartit de zéro tous les quatre ans, jeune étoile qui brûlait la scène pendant quelques saisons et revenait en débutante ailleurs. Oliå traversa le monde. Elle s'appela Rébecca, Salomé, Naomi, Jeanne, Céleste ou Claire-Marie.

Je relis ces lignes que jamais je n'aurais pensé écrire un jour. Des mots traversés par la vie d'une fée. Rien ne me préparait à la familiarité des fées.

Je les mettais dans le même panier que toutes ces créatures indéfiniment recyclées dans le grand magasin du merveilleux.

L'imaginaire de chacun est pour moi unique et impossible à dupliquer. Une réserve, un sanctuaire intime. Dans chacune de nos têtes, des bestioles étranges, un herbier et de petits peuples, mais je ne supportais pas les fées ou les farfadets qui se promenaient d'une tête à l'autre comme des poux. Pourquoi se laisser imposer des créatures inventées par d'autres ?

Mais les histoires nous font changer. Et certaines rencontres nous retournent sur le dos comme des tortues. Elles nous obligent à nous laisser faire.

Elle savait qu'elle finirait par le retrouver. Ce fut par hasard, grâce à un vieux danseur, à Milan, qui racontait avoir vendu pour une fortune des chaussons de danse qu'il avait trouvés chez un brocanteur. Il parlait d'un acheteur étrange avec des yeux gris.

Elle arriva près de la rivière. Elle découvrit la maison.

Elle s'avança dans l'eau et le vit.

Sur la rive, trois chiens dansaient autour de lui.

Elle s'installa non loin de là, travailla dans les saules et la vannerie, comme autrefois, au temps où elle était une fée.

Les chiens de Perle ne sentaient pas sa présence. Elle en profitait pour hanter les herbes, tout près de l'eau.

Souvent, elle accrochait sa barque près d'un lavoir, un peu plus bas. Elle nageait à côté, entre les nénuphars.

C'est là, sur les planches de ce lavoir, qu'elle a vu, un matin d'automne, un garçon de quatorze ans qui photographiait des grenouilles.

C'était moi.

30

Le petit Poucet

En regardant à nouveau le lavoir, vingt-cinq ans plus tard, je repensais à la photo que j'avais prise ce jour-là. La fille était debout dans la barque, poussant la longue perche qui faisait avancer son vaisseau rempli de branchages. Elle s'était laissé photographier avec une légèreté qui m'allait bien. Je l'avais prise pour de l'impudeur.

Maintenant, le lavoir était à moitié démoli, comme la maison de M. Perle plus bas sur la rivière, et comme la plupart de mes souvenirs. Le seul témoin, un vieil homme lumineux, devait être enterré dans cette tombe, le long de la maison.

Mais il y avait la boîte qu'on avait étrangement déposée la veille devant ma porte. Je l'avais laissée à Paris, cachée dans la penderie qui nous servait autrefois de laboratoire photo. Il y avait cette boîte. Il n'y avait plus que cette boîte pour m'éclairer. Comment avais-je pu m'en séparer ?

De retour à Paris, dans l'appartement, le soir, je la vis

sous les manteaux d'hiver. Tout était là. J'agitai doucement les rouleaux de photo contre mon oreille pour savoir si les pellicules étaient à l'intérieur.

La nuit même, je repris le chemin des vacances, la boîte sur le dos. On me fit très bon accueil, sans rien me reprocher, sans émotion particulière. Le monde avait tourné sans moi. Pourquoi m'attendre à des étendards, des parades, des processions, comme à un retour de croisade, alors que personne ne pouvait savoir ce que je vivais ?

Parfois, au milieu d'un repas, j'allais regarder sous le lavabo de la salle de bains pour voir si la boîte était encore là.

Il y avait dans la ville la plus proche un seul magasin qui développait encore les anciennes pellicules. Le commerçant parut amusé de voir ces petites antiquités.

– Grand-mère est morte ?

Il lui semblait évident que j'avais trouvé ces pellicules dans les tiroirs d'un ancêtre. Je lui expliquai que c'était moi qui avais pris ces photos et que j'étais bien vivant. Pour le prouver, je me lançai dans un rire décontracté.

– Il y a seulement quatre films qui ont servi. Mais prenez les sept, je ne sais pas lesquels sont les bons.

Je sortis aussi, à tout hasard, les deux boitiers super-8 de mon sac.

Il les prit entre ses mains comme des débris de météorite et me les rendit immédiatement sans même préciser qu'il ne voyait pas ce qu'il pouvait en faire.

Il me demanda de payer les travaux à l'avance, expliquant qu'il se retrouvait parfois avec des photos sur les bras.

– Je ne vais pas les accrocher dans mon salon, dit-il.

Le tirage dura une éternité. Les pellicules devaient être transportées dans un laboratoire lointain. Elles reviendraient par la poste. On m'avait dit qu'on m'appellerait. Entre-temps, j'avais envoyé en Allemagne les deux films pris avec la caméra, à une adresse trouvée en pianotant sur mon ordinateur. Pour ceux-là, on me promettait un retour sous cinq semaines.

Tous ces délais me paraissaient inhumains. Cinq semaines, c'est exactement le temps d'un voyage en ballon ou de la gestation des koalas. Qu'allaient faire ces gens pendant cinq semaines avec mes images ? Ils auraient l'occasion de les perdre cent fois.

D'ailleurs, le magasin de photos ne rappelait pas. Il les avait égarées, c'était sûr, il ne savait pas comment me l'annoncer. Je finis par y retourner. On me renvoya en me disant que tout allait bien, qu'il fallait être patient, mon petit monsieur.

Deux jours plus tard, dans la cuisine, en coupant des aubergines, j'entendis un message sur mon téléphone. Les photos étaient là. Je pouvais venir quand je voulais. Je faillis me couper un doigt.

– Vous voulez vérifier les photos tout de suite ? me demanda une dame en sortant le paquet, une heure plus tard.

– Non.

Elle m'annonça un prix.

– J'ai déjà réglé au jeune homme, l'autre jour.

Elle observa le paquet et la facture.

— Vous aviez payé quatre pellicules.

— Oui.

— Il y en a sept. Les sept ont été développées.

— Les sept ?

— Vous voulez vérifier ?

— Non merci.

Je tendis mes billets en tremblant. Perle s'était donc servi, en mon absence, de l'appareil et des derniers rouleaux.

Je ne suis pas rentré vers la maison. J'ai arrêté la voiture dans les collines. En marchant un peu, j'ai trouvé un endroit qui pouvait convenir. Je me souvenais des lettres importantes de ma vie. Je cherchais toujours pendant longtemps le lieu pour les lire, comme si le paysage allait en changer le contenu.

Le hasard avait mis les deux premiers paquets dans le bon ordre.

Le tout premier représentait ma famille. On voyait mes frères, ma petite sœur, les gouttières de notre appartement. C'était censé être des photos d'art, avec un cadrage fantaisiste, des effets de flou plus ou moins volontaires. N'importe qui aurait trouvé ces photos très mauvaises, mais la situation les rendait émouvantes. Ces souvenirs restés vingt-cinq ans dans un œuf de plastique et qui jaillissaient soudain...

Les trois dernières photos de ce paquet avaient été prises dans le train quand je me rendais au stage. Elles étaient impeccablement floues.

La seconde pellicule racontait les premiers jours de

266

l'aventure. Cela commençait par quelques poules, un portrait de poussin en gros plan, qui avait l'air de sourire, un poireau posé sur une table avec une carotte. On m'avait demandé de chercher mon sujet. J'avais un peu tâtonné. Il y avait aussi une mise en scène de mon vélo accroché en haut d'un arbre. Cela avait failli être le sujet.

Mais la plupart des photos suivantes montraient l'eau et la rivière. Certaines me firent regretter d'avoir abandonné vers quinze ans et demi ma carrière de photographe. En voyant apparaître les premières grenouilles, je sentis grossir une boule dans ma gorge. On approchait de l'apparition.

J'ai soulevé le rabat du troisième paquet et l'ai refermé brutalement. Je venais de voir un chien mort.

Sur la photo, j'en étais sûr, j'avais vu un grand chien noir couché sur le dos, avec une tache de sang. J'ai posé l'enveloppe à côté de moi. Je tremblais. Ce n'était pas ma troisième pellicule.

Le battement de mon cœur me rappelait les quelques fois où je m'étais retrouvé face à un serpent. Une espèce d'éboulement à l'intérieur. J'attendis plusieurs minutes devant les paquets fermés.

J'en ramassai finalement un.

Ce n'était pas le bon mais je ressentis une tout autre émotion.

L'apaisement.

Ce paquet-là était ma victoire. Il contenait toutes les images que j'avais prises pendant l'absence de Perle. La maison au lever du jour. Les écrevisses sur le ponton. Mais surtout ses valises et son bric-à-brac extraordinaire. Je me suis replongé dans ce trésor étalé sur les emballages blancs sans réaliser un instant les royaumes qu'il portait en lui. Égoïstement, je n'y voyais que les preuves matérielles de mon histoire à moi. J'avais bien été dans cette maison. J'avais bien rencontré cet homme. C'était tout ce que je voulais savoir.

J'aurais peut-être dû m'arrêter là.

J'attrapai le quatrième paquet qui remontait quelques jours en arrière.

Il y avait sous mes yeux une dernière grenouille sur un lavoir et, assez loin derrière, une barque qui approchait. Je faisais défiler les photos une à une entre mes mains. Les fagots de branches, la perche plantée dans les nénuphars, le reflet d'un ciel gris sur le fond rempli d'eau de la barque…

Tout était là, sauf elle.

La fille avait disparu. Le serpent revint se glisser sous mes pieds. Où était-elle passée ? Aucun souvenir n'était gravé aussi profondément dans ma mémoire. Je me souvenais de chacune des secondes qui auraient dû être capturées par ces photos. Je me rappelais la position de son genou sous le tissu de sa robe, le cadrage de sa main sur la perche en bois, et son pantalon vert le dernier jour. Et puis la fleur dans ses cheveux sur cette photo où on ne voyait plus que la rivière vide.

Je cherchais une raison acceptable, une explication chimique ou météorologique. Il avait plu beaucoup pendant ces quelques jours. Le négatif avait pu être lavé par le mauvais temps. J'accusais aussi le laboratoire. J'avais bien vu que c'était trop long, qu'ils faisaient quelque chose de suspect avec mes photos. J'aurais dû me douter qu'ils préparaient tous un mauvais coup contre moi.

Je me suis levé, j'ai poussé le même cri que des années plus tôt, perdu dans les bois. Un défi lancé au monde.

Je suis allé m'asseoir à nouveau avec les trois dernières pellicules.

J'ai commencé par le chien mort. Il était sur le dos dans l'herbe grasse. C'était l'un des bons chiens de Perle. Lentement j'ai regardé les photos qui suivaient. Jusqu'à la dernière. Il y en avait exactement cent.

Il m'a fallu plus d'un an.

J'avais dit autour de moi que j'avais un projet. Un projet qui nécessitait beaucoup de recherches. Je l'appelais *Le Livre de Perle* et je le décrivais de manière suffisamment confuse pour qu'on ne puisse que me faire confiance.

Au début, mes journées se passèrent toutes de la même manière. J'étalais les photos sur le sol en un carré de dix par dix. Et je me promenais tout autour.

Les cent photos racontaient une odyssée. Elles avaient été prises par Joshua Perle à partir du jour où il avait emprunté mon appareil. Quelques indices permettaient d'en dater certaines et je me rendais compte qu'elles couvraient plus de vingt ans. Il n'avait donc pris que quatre ou cinq photos par an.

Pendant que je grandissais, pendant que nous vivions, Perle avait passé son temps à fuir.

D'images en images on ne lisait qu'un grand voyage avec ses centaines de valises. Cette vie nomade était irréelle.

Les valises sillonnaient le monde. On les voyait glisser sur des champs de neige, attendre près de la mer, traverser des fleuves. Elles étaient entassées dans des écuries ou sous des tentes. Sur une photo, on voyait la masse de cuir, de bois, de toile cirée, cachée dans un arbre au coin d'un champ. Et puis il y avait des images étranges. Quelques valises emportées par le courant, d'autres qui attendaient sur une montagne désertique à côté de deux ânes.

En travaillant, au fil des semaines, je me donnais l'impression d'être le Petit Poucet, cheminant d'une photo à l'autre pour tenter de raconter cette histoire.

Les deux films que j'avais enfin pu voir sur un vieux projecteur duraient chacun trois minutes. Ils ne montraient presque rien mais me bouleversaient à chaque fois. Le premier, je l'avais tourné sur la rivière et puis dans la maison et autour. Le second était filmé par Perle. Un chien qui courait dans l'herbe. Un radeau couvert de valises tiré par un bateau sur l'eau.

Dans mon carré de cent photos, j'avais d'abord repéré que le nombre de valises diminuait lentement. Le voyage ne se faisait pas sans perte. Il faudrait que mon récit soit celui d'une lutte contre le temps et la mort. À la fin, parmi les dernières, on voyait un assemblage de bagages qui formait un cube parfait bien serré dans un filet. Les chiens étaient encore deux au début et disparaissaient un à un.

La dernière photo présentait l'avant d'une barque. Je voyais bien que Perle avait fini par revenir au port. Le voyage devait se terminer dans la maison du bord de l'eau, là où il avait commencé. Pour un raconteur d'histoires cette boucle était idéale. J'avais même vu en vrai sa tombe près de la maison. L'aventurier revenait mourir là où il avait vécu.

C'était parfait.

Pendant l'hiver, pour faire les choses sérieusement, je suis parti à la recherche de certains lieux. J'ai retrouvé en pleine nature la carcasse du vieux camion Citroën qu'on voyait sur les premières photos. J'ai identifié des paysages, des villages, des plages. J'étais dans les pas de Perle.

Un soir, très tard, j'ai imprimé et posé sur ma table un gros bloc de papiers. J'avais fini.

Les cent photos étaient aussi là. Je sentais en moi un grand soulagement. *Le Livre de Perle* ressemblait à une fable et à un roman d'aventures. J'étais enfin prêt à faire lire ces pages qui m'avaient libéré de mes souvenirs et du fantôme de cette fille.

Mais au milieu de la nuit, une image m'a réveillé. C'était la deuxième photo de la première ligne. Je me suis levé tout doucement pour aller la voir sur la table. J'ai pris dans mes mains cette image rangée juste après celle du chien mort.

Je l'appelais *L'Adieu à la maison*, c'était au début de l'aventure. On voyait la maison et le ponton photographiés depuis la barque. Je me suis penché et j'ai vu un minuscule détail que je n'avais jamais remarqué. Contre le mur, parmi les herbes, il y avait la tombe.

La tombe était déjà là.

Je m'étais donc trompé du début à la fin. Tout partait en fumée. Soit Perle n'avait pris aucune photo lui-même, soit ce n'était pas sa tombe. Et un homme qui n'a pas de tombe peut très bien être vivant.

Le lendemain de cette nuit blanche, j'ai trouvé dans mon courrier quelques lignes anonymes me donnant l'heure et le lieu d'un rendez-vous, trois jours plus tard. Ce message finissait par une question répétée deux fois, en minuscules puis en capitales :

Mais enfin qu'est-ce que vous faites ?
QU'EST-CE QUE VOUS FAITES ?

Ce mot était écrit sur le papier blanc de la Maison Perle.

31

Une apparition

C'était une maison avec très peu de fenêtres qui surplombait un petit canal au milieu de Venise. Je mis des heures à la trouver. L'adresse donnée par le message correspondait à une entrée sur l'eau mais j'étais à pied. Je ne voulais pas dépendre d'un bateau. Je ne savais rien de ce rendez-vous, il allait peut-être falloir que je m'enfuie à l'improviste si c'était un piège.

En y repensant, je sais que les dangers que j'imaginais étaient bien moins grands que ceux qui planaient en réalité autour de moi ce jour-là et depuis des mois.

J'avais donc innocemment cherché l'accès terrestre, à l'arrière de cette maison jaune, en me trompant dix fois de chemin. Venise n'est pas un labyrinthe, ce sont deux ou trois labyrinthes qu'on a fondus ensemble exprès pour nous perdre.

J'attendais l'heure. J'étais passé une première fois devant la porte pour la repérer mais, par discrétion, j'avais continué mon chemin. Je patientais au bout de la ruelle en regardant ma montre. C'était un dimanche. Il allait être midi. On entendait au loin un moteur passer sur un canal plus large, un chat, des cloches, des talons de femme.

Je venais de passer trois jours dans une centrifugeuse. J'avais détruit mon manuscrit, lu et relu la convocation, pris un billet pour Venise, failli le jeter aussi, menti à tout le monde. J'avais rouvert toutes les plaies recousues point par point, page après page, pendant des mois. Et dans quelques instants, je saurais peut-être ce que tout cela voulait dire.

Le bouton de la sonnette ne déclencha pas un son. La porte était basse devant moi. Il y avait un trait couleur de rouille qui dessinait l'encadrement sur la pierre. Je laissai filer vingt secondes et pressai à nouveau le bouton. Mais cette fois, pour me donner un peu de contenance, je fis un pas en arrière, les mains dans les poches, tournant sur moi-même, et, en levant les yeux, je vis battre un rideau blanc à une fenêtre alors qu'il n'y avait pas un souffle ce jour-là. Quatre petites fenêtres étaient réparties au hasard sur cette longue façade verticale. La plus haute venait de laisser se gonfler un instant un voilage blanc.

Je guettai d'autres signes d'une présence, la tête jetée en arrière, promenant mes yeux d'une fenêtre à l'autre. Quand je les baissai enfin, je découvris que la porte était grande ouverte. Une demi-personne se tenait dans l'ombre, invisible. Elle était coupée de haut en bas par le tranchant de la porte qu'elle tenait contre elle. L'intérieur de la maison était complètement noir.

En frôlant cette présence au moment d'entrer, j'eus

l'impression que c'était un enfant. Je sentis tout de suite une première marche sous mes pieds. Un escalier montait entre deux murs que je sentais frotter d'un côté et de l'autre de mes épaules. Derrière moi, les pieds nus que j'entendais me rassuraient. On n'allait pas me couper en morceaux devant un enfant.

L'escalier débouchait sur une salle éclairée par une fenêtre. Je vis deux chaises, une table, deux verres et une carafe d'eau. C'était tout. Mon mystérieux correspondant n'était pas là.

Je restai un moment en arrêt devant ce lieu. J'aimais la fenêtre carrée, la petite salle carrée, le carrelage de terre cuite, la carafe d'eau luisante comme dans un tableau ancien.

Je voulus demander à mon portier de prévenir la personne qui m'avait convoqué mais, en me retournant pour parler, je sentis l'enfant passer en même temps dans mon dos. Je continuai donc le mouvement, fis un tour entier sur moi-même et m'immobilisai.

C'était elle.

Elle remplissait les deux verres avec la carafe.

C'était la fille.

Je me sentis d'abord tout liquide. Comme un troisième verre d'eau dans la pièce. La chaise devant moi paraissait inatteignable.

Ce ne fut qu'un premier état de mon vertige. Je n'avais pas encore pris le temps de prendre conscience de son âge. Elle n'avait pas un jour, pas une nuit de plus que lorsqu'elle m'avait quitté.

J'étais maintenant comme un chat qui aurait glissé d'un toit. Je ne cessais de tomber mais, à l'intérieur de moi, dans l'air, se mettait en marche une mécanique imparable. J'avais connu cela en regardant les photos pour la première fois. La machine à remettre du possible dans l'impossible. Toute mon énergie était occupée à cela : retrouver la logique, la raison de cette apparition. Je tournoyais en tombant dans le vide mais je n'avais qu'un seul but, comme tous les chats du monde : retomber sur mes pattes.

Je le fis en disant la seule phrase qui avait un sens, la seule qui pouvait expliquer presque tout, la seule qui me ferait sentir le sol sous mes pattes. Je bredouillai pitoyablement :

— Tu peux dire à ta mère que je suis là.

Rien d'autre ne pouvait justifier cette ressemblance exacte après tant d'années. C'était sa fille.

En m'entendant, elle appuya sa main sur le dossier d'une chaise avec un air très las comme si c'était elle qui s'était trompée de personne. Ma gorge se serra devant cette tristesse. Cette fois je l'avais reconnue. C'était bien elle. À l'intérieur de moi, je venais de changer de planète.

Je fis un pas pour m'asseoir sur une des deux chaises. La fille restait debout derrière la sienne.

Nous nous sommes regardés par petites gorgées de temps, baissant parfois les yeux pour respirer.

Il fallait bien ces secondes-là pour atterrir.

Enfin, elle se posa sur la chaise. Elle avait un pantalon large en soie. Elle fit glisser un des verres près d'elle sur la table et dit :

— Vous ne me servez vraiment à rien.

J'en avais trop vécu pour être surpris. Je pris un air d'enfant fautif. Elle continua :

— Vous n'avez pas reçu le paquet ?

Je hochai la tête, à nouveau coupable, mais sans savoir de quoi.

— Alors ? demanda-t-elle. Qu'est-ce que vous faites ?

C'était la question clef. Celle qui était sur la convocation. Celle que je ne comprenais pas.

— Qu'est-ce que vous faites ? répéta-t-elle.

— J'écris, dis-je tout bas.

— Comment ?

— J'écris.

Je devais avoir l'air assez touchant mais son visage restait sans pitié. Elle se leva pour aller fermer à moitié les volets intérieurs que je n'avais pas remarqués, des deux côtés de la fenêtre. Quand elle fut à nouveau assise, elle me demanda doucement :

— En fait, vous n'avez rien compris ?

Je fis semblant d'hésiter mais je finis par reconnaître :

— Rien.

Et j'étais sincère.

Elle but son verre d'eau en entier.

— Ils viennent par deux ou trois. Ils sont là qui le cherchent.

— Qui ?

— Ils me cherchent aussi.

— Qui vous cherche ?

Elle ne répondit pas.

— Il est très âgé. Il ne peut plus s'enfuir.

– Qui ?

Mais je voulus répondre comme un grand à ma question.

– Perle ?

Elle acquiesça et pour la première fois je me sentis vraiment avec elle, à sa hauteur. Cela me donna le courage de lui demander :

– Qui êtes-vous ?

Elle se remplit un nouveau verre d'eau.

Puis elle se mit à parler.

Ce qu'elle me raconta, je l'ai écrit ici depuis le premier mot. C'est une histoire que je n'aurais jamais osé inventer. Je repensais aux pages que j'avais déposées la veille dans la poubelle de mon immeuble, celles qui parlaient du vieux fou errant. En écoutant la fille, je compris ce qui m'avait poussé à détruire cette histoire. Il y manquait deux choses : l'urgence et la nécessité. Et l'histoire de cette fille n'était pleine que de cela.

Des heures passèrent, avec des morts et des amours qui flottent sur un lac, avec des sangliers dans la neige, une belette sur des remparts, des amants exilés.

Le soir tombait. Il fallut remplir la carafe plusieurs fois. Et je restais seul au milieu de l'histoire quand elle montait chercher de l'eau. J'avais froid pendant ces moments où elle s'éloignait. J'essayais de ne pas perdre le bruit de son pas au-dessus de moi, le bruit du robinet qui coule et s'éteint.

Elle revenait toujours.

Quand elle parla de notre rencontre sur la rivière, elle laissa de longs silences entre les phrases. Elle me regardait.

Je sentais qu'elle ne voulait pas me blesser.

En ce temps-là, au moment où j'ai rencontré Perle dans la maison gardée par ses chiens, cela faisait quarante ans qu'il rassemblait sa collection. Oliã avait découvert cette cachette et avait senti qu'il était capable de ne jamais s'arrêter. Jamais il n'aurait assez de preuves. Il avait si peur de ne pas être cru. On ne lui donnerait pas de seconde chance. Il continuait donc à entasser son trésor.

— Il avait peur, dit-elle encore.

Je le revoyais dans ses registres, rangeant mille fois ses valises, grimpant aux échelles.

— Et puis un matin, au lavoir, je t'ai vu photographier les grenouilles.

Elle fit un sourire léger.

— Je te promets que j'aurais pu tomber amoureuse.

Je souris aussi, les larmes aux yeux.

— Mais j'ai vu ton appareil. Tu me photographiais pour rien.

Elle se mit à rire.

— Mais vraiment pour rien.

Elle s'arrêta.

— J'ai pensé qu'il y avait d'autres images à faire. Tu pourrais les montrer.

J'avais baissé les yeux. J'essayais de ne pas être trop triste. Je n'y arrivais pas.

— Je t'ai dit que je n'ai plus aucun pouvoir…

Elle hésitait à tout dire.

— Il y a un pouvoir qu'on garde toujours. Pas besoin d'avoir été comme moi pour l'avoir.

Elle parlait plus bas. Je tendais l'oreille.

– C'est de rendre tristes les gens.

Il y eut un très long silence.

Je compris qu'elle m'avait guidé vers lui par le chagrin. Par le chagrin d'amour qui nous entraîne dans les forêts.

Je compris aussi qu'elle était revenue ouvrir les valises et jouer les petits fantômes dans la maison pour réveiller ma curiosité. À cause d'elle, j'avais pris en photo une partie du trésor.

Mais Perle me surprit avec mon appareil et m'éloigna de lui pour longtemps.

Elle prononçait le nom d'Iliån en faisant traîner le « å » comme un soupir. Il aurait suffi qu'elle le dise une seule fois pour que je sache combien elle l'aimait. Je ne faisais pas le poids.

Quand elle se remit à parler, elle raconta l'attaque d'un archer qui avait enfin trouvé la maison, quatre ans après mon passage. Perle était en voyage. Une flèche tua l'un des chiens. Les deux autres bêtes se jetèrent sur l'homme. Oliå arriva trop tard et ne put sauver l'archer. Mais avant qu'il ne meure, elle le fit parler du royaume.

Il était envoyé par le roi. Là-bas, le gardien du bateau-feu avait fini par dénoncer Taåge. Iån savait que son frère et Oliå étaient vivants quelque part. Il savait qu'Iliån préparait son retour.

Le vieux père était mort depuis longtemps. Et Fåra, le serviteur, devait avoir disparu aussi.

Iån avait fini de ravager le territoire. Il avait mis son peuple à genoux. Il expédiait des mercenaires de plus en plus loin. Le premier arriva chez nous un soir d'été. Il mourut accidentellement dans les canaux de Bruges, mais il y en eut bien d'autres à la recherche d'Iliån.

L'un d'eux courait depuis deux jours sur les toits de Venise.

Oliå disait qu'elle gardait toujours avec elle un arc qu'elle avait pris au premier archer.

La nuit était tombée. Je ne la voyais plus. J'entendais juste parfois ses pieds glisser sur le sol sous sa chaise.

— Et la tombe, près de la maison ? demandai-je.

— C'est celle d'un de ses chiens.

— Qu'est-ce que vous attendez de moi ?

— Je vous ai retrouvé dans cet endroit où vous dansiez.

— Chez les pompiers ? Je ne dansais pas.

Elle rit très doucement.

— Vous vous êtes évanoui.

Je ne voulus pas lui avouer que c'était peut-être en l'apercevant une fraction de seconde dans la foule que je m'étais écroulé.

— Je vous ai suivi pour vous donner la boîte, dit-elle.

— C'était vous ?

Sa voix changea entièrement pour dire :

— Iliån mourra bientôt. Vous avez toutes les preuves. Il faut que vous racontiez.

Je ne pouvais croire ce que j'entendais.

Elle voulait tout simplement que je défasse leur sort.

Ce que je ne pouvais lui dire, c'était que le garçon auquel elle parlait n'était plus celui qu'elle avait connu à quatorze ans. Il avait perdu entre-temps toute la confiance des autres parce qu'il s'était mis à raconter des histoires.

Personne ne me croirait.

— Et vous ? demandai-je.

— Mon sort est dans le sien. Je rentrerai avec lui.

Elle m'avait parlé des deux jeunes corps, inanimés, qu'on avait cachés ensemble dans un trou de la falaise, au-dessus du bateau-feu. Ils attendaient d'être réveillés. J'essayais d'imaginer ce petit tombeau qui patientait depuis presque un siècle au milieu des nids d'hirondelles.

— Où est Perle ? demandai-je.

— Il est à Venise.

— Je veux lui parler.

32

Palais d'éternité

Quand Attila et ses hommes envahirent l'Europe, des réfugiés fuyant des villes en flammes se cachèrent sur quelques îlots de sable et de marécages. Ils plantèrent des pieux dans la vase, bâtirent des cabanes. Ni les chevaux des envahisseurs, ni les navires venus de la mer ne viendraient les chercher dans cette lagune désolée. Cela donna Venise.

Mille cinq cents ans plus tard, Joshua Perle était venu s'échouer pour les mêmes raisons dans ce bout du monde.

Je regardais de loin la bâtisse clouée de planches. Les pierres de ce petit palais étaient prises dans une peau de bois et de poutres, pour empêcher qu'il s'effondre. Le palais ressemblait à l'arche de Noé.

Oliå m'avait dit qu'il s'enfonçait dans la mer et que plus personne n'y entrait. Je ne l'avais pas crue mais c'était vrai. La maison avait dû plonger de deux ou trois mètres dans les dernières années. Au ras de l'eau, on ne voyait que le haut d'une porte et de quelques fenêtres où s'engouffrait le courant. Les étages supérieurs attendaient leur tour derrière leur coffrage de bois.

Je fis mon premier repérage vers neuf heures du matin. J'étais depuis la nuit précédente un peu absent de moi-même. Je me sentais à cheval sur deux mondes. D'un côté celui que j'avais sous mes pieds et dans l'air autour de moi : le pavé des quais de Venise, le vent, l'odeur du café ou du jasmin dans les rues. De l'autre, ce monde de féerie que la fille m'avait entrouvert et qui me semblait plus réel encore parce qu'il était neuf à mes yeux.

Je vivais cela comme un début de fièvre. J'avais l'impression de flotter.

Oliã m'avait dit d'attendre la nuit suivante pour entrer chez Perle, mais elle m'avait aussi conseillé de venir rôder dans la journée pour connaître les lieux. Elle insistait beaucoup sur les précautions à prendre. Jouer les promeneurs, ne jamais m'arrêter près du palais, me perdre longuement dans les rues pour semer l'ennemi.

L'ennemi. J'avais d'abord ressenti un frisson de plaisir en entendant ce mot. Pour la première fois, elle me mettait dans son camp en nous donnant un ennemi commun.

J'étais avec elle.

Et puis, en la quittant et en marchant seul dans le vent nocturne qui commençait à faire claquer des volets, je m'étais rappelé les flèches mouillées de sang des archers. Je n'avais plus très envie de ces ennemis.

Je suis revenu traîner une dernière fois dans l'après-midi. Elle m'avait parlé d'un passage que j'aperçus enfin.

Quelques poutres de bois longeaient la façade, juste sous le niveau de l'eau. On devait pouvoir y marcher pieds nus et arriver au carré de planches clouées que je voyais plus haut. Oliå connaissait cette ouverture qui se soulevait comme une chatière. Elle y déposait parfois, sans se montrer, un panier de vivres. Elle m'avait dit que si un panier ou un chat y passait, j'y passerais aussi, ce qui n'était pas pour moi une évidence.

La nuit venue, serré au milieu des voyageurs dans le bateau qui me rapprochait enfin de Perle, je repensais à ce garçon de quatorze ans qui avait suivi un jour des taches de sang au fond des bois. Ce garçon, c'était déjà moi. Ces traces, je les avais moi-même semées. Et je continuais peut-être aujourd'hui à m'inventer des mystères.

Je faisais le compte des preuves dont je disposais. Presque rien : juste cette fille qui ressemblait à l'autre, les photos de quelques valises. Et une grande histoire au fond de moi.

Dans le bateau, les gens revenaient de dîner. Il allait bientôt être minuit. Ils riaient. Pour eux, la fête continuait. Il n'y avait pas que moi qui voguais entre deux mondes. Tous possédaient leurs propres secrets, des histoires que personne ne croyait. Y avait-il à bord un seul être qui ne soit pas prêt à jurer avoir été un jour amoureux d'une fée ou d'un prince exilé ? Nous étions tous pareils. Les histoires nous inventent.

Je fus pourtant le seul à descendre à l'arrêt suivant. Le bateau s'éloignait en dansant.

Je pensais souvent à la dernière des cent photos, celle sur laquelle on voyait l'avant d'une barque. J'avais cru que c'était un retour aux sources, dans la maison sur la rivière. Mais cette barque devait, en réalité, arriver à Venise.

Je fis ensuite, entre les ruelles et les ponts, quelques détours réglementaires avant de m'arrêter devant le palais. Un dernier coup d'œil pour inspecter les maisons éteintes, l'eau et les quais. Je retirai mes chaussures et glissai un pied sur la planche immergée. L'unique lanterne était à cent mètres. Je voyais juste mes pieds s'enfoncer légèrement dans l'eau noire. Je m'approchai de la trappe et vis tout de suite que je ne passerais pas.

Les secondes qui suivirent ne me laissèrent pas le temps de préparer un autre plan. Quelque chose tomba du ciel, tout près de moi. Des petits plongeons dans l'eau, juste à côté de mes pieds. C'était peut-être des morceaux de tuile tombés du toit. Ou des flèches. Dans le doute, je me laissai glisser dans le canal et m'enfonçai pour chercher un autre passage.

Aussitôt, je découvris en tâtonnant le cadre d'une fenêtre sous l'eau. Je plongeai la tête comme un canard et m'y aventurai. Je repris ma respiration. Il faisait complètement noir. Je devais être entré dans le palais, au milieu d'une salle noyée par les eaux. Mes jambes s'agitaient pour me maintenir en surface. Tout me rappelait ma première rencontre avec Perle dans le courant d'une rivière. La nuit, le froid, la peur.

Je ne savais pas si j'avais fui des flèches ou des morceaux de toit, mais quelqu'un les avait fait tomber. Quelqu'un assiégeait ce palais.

Nageant maladroitement, je commençai à longer une

des cloisons. La fatigue raidissait mon corps. Je ne trouvais rien auquel j'aurais pu m'accrocher. Enfin, en sondant au-dessous du niveau de l'eau, je découvris une ouverture. J'hésitai à m'enfoncer plus loin dans cette épave mais plongeai finalement une nouvelle fois, guidé par la voûte d'un couloir. Avec les bras, j'écartai des chaises et des débris de bois flottants. Le passage s'élargit soudain.

Je sortis la tête de l'eau, suffoquant, et je le vis.

Il était debout, sa fronde à la main, en haut d'un escalier de pierre. C'était une salle très vaste. Une mèche brûlait à ses pieds dans un grand pot plein d'huile ou de cire noire. Il me regardait barboter.

Ce qui n'avait pas bougé en lui m'apparaissait plus clairement que toutes les traces du temps. C'était le même homme, le même regard. Je me hissai sur les marches, en dessous de lui.

– Vous ne me reconnaissez pas ?

Perle se taisait. Je voyais dans le cuir de la fronde une bille de plomb grosse comme son poing.

– J'étais venu chez vous, il y a longtemps. Les photos, les chiens… Vous vous souvenez ?

– Tu as repris la boîte ?

– On me l'a donnée.

– Qui ?

Il y avait quelqu'un dans son ombre depuis le premier jour. Il avait appris à ne plus s'en étonner. Mais pourquoi cet ange gardien remettait-il ce garçon sur son chemin tous les vingt-cinq ans ? Il se baissa pour me regarder.

J'avais froid. Mes habits collaient sur ma peau. J'avais

perdu mes chaussures. Je voyais bien qu'il essayait de comprendre, de trouver une utilité quelconque à cette chose dégoulinante qui retombait inlassablement dans sa vie, comme une mouche dans la soupe.

On entendait le vent siffler dans les étages. Parfois Perle levait les yeux. Il étudiait tous les bruits de la nuit.

– Ils m'ont retrouvé, murmura-t-il. Pendant longtemps, ils ont envoyé des hommes par vagues de deux ou trois. Je leur ai toujours échappé. Mais aujourd'hui, il y en a un là-haut qui m'a trouvé.

Il enroula sa fronde autour de son poignet.

– Il prend son temps. Il se promène sur les toits autour. Cela fait au moins quatre jours qu'il se prépare. Il est seul. Il est différent. Il veut être le dernier.

Perle monta les marches et je le suivis.

Je découvris la maison. Les pots enflammés traçaient un chemin entre les murs tendus de soie sombre. Oliã m'avait décrit longuement le palais d'été où tout avait commencé, mais celui-ci était un palais d'éternité. Je pouvais comprendre qu'on décide de s'y enfermer à jamais. Les autres pièces n'étaient pas aussi grandes. Elles s'ouvraient les unes sur les autres dans des perspectives verticales, des escaliers abrupts, des plafonds aux poutres tatouées d'or.

Noir et fermé comme un sépulcre, le palais était merveilleux, débordant de recoins, de banquettes, de lits cachés dans des tanières de velours. J'étais gêné d'y promener mes pieds nus, d'égoutter mes vêtements mouillés sur les tapis.

Perle entra dans le grand salon et je vis les valises.

Il y en avait beaucoup moins qu'autrefois. Elles formaient

288

un cube serré dans cette espèce de filet de pêche que j'avais vu sur les photos. C'était ce qui restait de son trésor, tout ce qu'il avait pu sauver dans sa fuite. Les preuves des fées.

Perle franchit un immense rideau de lin qui partageait la pièce. Derrière lui se dressaient deux fenêtres verticales, longues du sol au plafond. Toutes les vitres étaient doublées de planches à l'extérieur. Elles brillaient du reflet des flammes.

Je l'avais suivi derrière le rideau.

Il décrocha de la fenêtre un triangle de verre pas plus large que sa main et écarta légèrement une planche. Un courant d'air souleva le rideau derrière nous. Perle se retourna.

– Il est là. Il est en train d'entrer.

Je fis un pas en arrière sans comprendre.

Il regardait le mouvement du rideau au-dessus du plancher. On pouvait croire qu'il voyait un fantôme.

– S'il y a un courant d'air, c'est que quelqu'un a ouvert ailleurs, quelque part dans le palais.

Il me regarda.

– Quand mes chiens t'ont ramassé, il y a longtemps, j'ai pensé tout te dire…

Je vis passer quelques regrets dans ses yeux.

– Je sais presque tout, maintenant, dis-je.

Il n'avait pas bougé.

– Je sais les nuages de moustiques sur le lac, votre frère Iån, et cet orage qui vous a emmené chez nous, et la Maison Perle à Paris…

À l'instant où je parlais d'orage, un premier coup de tonnerre résonna derrière les fenêtres.

– Qui t'envoie ?

– Ce que je ne sais pas, vous me le direz. Je suis venu pour cela.

Nous étions de retour près des valises, de l'autre côté du rideau.

Il me regarda avec un air fatigué que je n'aurais jamais pensé voir un jour sur son visage.

– Il est trop tard maintenant.

En trois secondes, les trois flammes qui éclairaient la pièce s'éteignirent. Ne restait que la lumière derrière le rideau.

La quatrième flèche était destinée à Joshua Perle.

33

Le dernier archer

Il se laissa tomber sur les talons et roula vers le côté. La flèche passa juste au-dessus de nous. Perle m'entraîna avec lui sous des cadres posés sur le sol, retournés contre le mur.

L'archer restait invisible. Nous étions cachés sous notre abri de toile peinte.

– Je suis vieux, me chuchota Perle. Je ne pourrai pas me battre longtemps. Mais il faut que tu restes vivant.

– Je vais vous aider, répondis-je.

– Pour m'aider, tu dois rester vivant.

Je sentais pourtant dans la voix de Perle qu'il savait que plus rien ne pourrait le ramener chez lui. Tout homme, quand il meurt, garde les sortilèges qui l'ont frappé, sauf s'ils ont été dénoués avant. Et Perle pensait qu'il allait mourir.

Mais il avait un espoir. L'espoir qu'un jour on puisse raconter cette histoire qui parlait d'amour et d'exil, et qui finissait mal. Les histoires ne relèvent pas les morts mais elles rendent leurs amours immortelles.

Sa main serra mon bras. Je compris qu'il allait prendre tous les risques.

– Ne bouge pas, dit-il.

– Restez en vie, vous aussi. Je sais qu'elle vous attend là-bas.

Il me regarda comme si j'étais le moins réel de nous deux, comme si c'était moi qui étais tombé du ciel un soir d'orage, et il bondit sous un jet de flèches vers le bloc de valises.

L'archer avait éteint les bougies du salon pour qu'on ne le voie pas et que se détache sa cible sur le rideau de lin clair qui divisait la salle en deux parties égales.

Je voulus passer derrière cet écran et éteindre les dernières lumières. L'obscurité aiderait Perle à échapper au tueur. Mais au moment où j'allais sortir de mon refuge, l'archer se laissa glisser le long du rideau, tout près de moi. Il ne m'avait pas vu. J'apercevais juste sa silhouette devant l'écran presque jaune.

L'orage grondait dehors. Toute l'enveloppe de bois vibrait et cliquetait sur les murs du palais. L'homme fouillait du regard autour de lui. Il portait un arc en bandoulière mais avait sorti son épée d'un fourreau étincelant.

Alors je pus voir Joshua Perle se lever derrière les valises. Il tenait à la main une arme plus fine, une sorte de rapière de mousquetaire que j'avais photographiée autrefois dans la maison du bord de l'eau. Les deux hommes se regardaient. Perle fit quelques pas. Il se mit à parler dans une langue que je ne comprenais pas, qui s'échappait de ses lèvres comme un poème.

L'autre se taisait. Il me semblait que Perle l'invitait à un combat loyal, le buste droit, l'épée pointée vers le sol.

Il dit encore quelques mots.

Le tueur gardait le dos contre le grand rideau lumineux. Je ne voyais pas ses traits, il paraissait aussi âgé que Perle. Il remit son épée à son côté. Je crus à un geste de paix mais, avec la même tranquillité, il libéra son arc de son épaule, prit dans son dos une flèche entre deux doigts, la posa sur la corde qu'il tendit vers lui. Il visa un instant.

La flèche vint se planter dans le bras de Perle qui laissa échapper sa pauvre épée de théâtre. Ses yeux brillaient de douleur. Il regarda l'homme préparer méthodiquement une seconde flèche. Je n'avais même pas la force de crier, paralysé par l'horreur.

Comment raconter ce qui arriva ensuite ? Cela ressemblait à la justice céleste.

L'une des deux grandes fenêtres explosa d'un seul coup derrière le rideau. Le bruit du tonnerre, le craquement du bois, le verre pulvérisé dans toute la pièce, la pluie qui entrait à l'horizontale…

L'archer s'était figé. Dans son dos, la lumière dansait sur la toile.

Je crus que le ciel entier entrait pour nous venger. Mais une ombre vive se promenait dans cet ouragan. Une ombre projetée par la lampe qui restait allumée derrière le rideau de lin blanc. Une petite ombre de danseuse que je fus le seul à reconnaître.

Sautant d'un toit, de l'autre côté du canal, Oliã s'était précipitée contre les planches vermoulues du palais. Elle avait traversé le bois et le verre, roulé au milieu du chaos.

Le ciel vengeur, c'était elle.

Perle, le bras en sang, était toujours debout. Il avait arraché la flèche de son bras. Il regardait ce spectacle d'ombres sur le rideau.

L'archer s'était retourné et venait de découvrir que l'ombre était armée d'un arc, comme lui. Il se préparait à la viser à travers la toile, mais déjà la forme se brouillait sur l'écran blanc.

Oliå d'un grand coup de pied avait balayé l'unique lampe que l'on vit apparaître en roulant sous le rideau, passer aux pieds du tueur et s'arrêter derrière lui. La flamme brillait toujours et l'ombre de l'archer, cadrée comme une cible, avait remplacé celle d'Oliå sur le rideau.

L'arc toujours bandé, il ne savait plus où tirer.

Je vis alors, dans l'autre sens, la pointe d'une flèche surgir de la toile, au centre de l'ombre, la traverser dans un petit claquement et filer vers l'archer.

Oliå avait visé le cœur.

Il garda son équilibre quelques instants et s'effondra. Son corps, en chavirant, éteignit la dernière lampe. Et je ne pus que deviner, un peu plus loin, Perle qui tombait aussi à genoux.

Mais la flamme, en passant, avait embrasé le grand rideau. Il se consumait par le bas comme une feuille de papier. Je croyais voir un rideau de théâtre se lever en même temps que les lumières de la scène. Dans quelques secondes, Oliå apparaîtrait aux yeux de Perle et tout serait perdu. Il ne devait pas la voir.

En finissant de brûler, le rideau ne découvrit qu'un champ de bataille désert, un arc abandonné sur les décombres et une fenêtre éventrée. Les cendres tombèrent en pluie sans que le feu se propage aux poutres.

Je bondis vers la fenêtre et me penchai. L'orage continuait à s'abattre sur la ville. Dans la lumière d'un éclair je vis au milieu du canal, juste en dessous de moi, un petit bouquet d'écume blanche.

Elle avait plongé. Elle nageait.

J'imaginais son souffle, son corps dans l'eau sombre.

Perle s'était traîné vers l'archer. Je m'approchai dans le clignotement de l'orage. Il avait oublié la blessure de son bras. Il semblait recueilli près du corps.

Je m'accroupis à côté de lui et murmurai :

– Vous avez dit que c'est le dernier archer.

– Oui.

– Alors la guerre est finie, dis-je. Il est mort.

– Oui.

Nous restâmes plusieurs minutes dans le souffle du vent et de la pluie.

– Comment savez-vous que c'est le dernier ? demandai-je.

Il avait posé ses mains sur le parquet, près des cheveux blancs de l'homme mort.

– Parce que c'était mon frère.

Et tout à coup, comme dans un rêve, je vis un royaume libéré de son tyran, un royaume qui attendait au bord de la mer.

Je voyais ce royaume dont le peuple épuisé patientait devant un château à l'abandon. Je voyais encore, en haut d'une falaise, un caveau ouvert face à la mer, et les deux corps immobiles, l'un à côté de l'autre. Iliån et Oliå.

Ils ont quinze ans. Leurs mains ne se touchent pas.

Tandis que vous lisez ces mots, quelque chose a bougé dans ce tombeau de plein vent. Leurs lèvres s'écartent pour laisser passer l'air. Leurs narines palpitent et respirent l'odeur de safran qui s'accroche aux rocailles. Et, si quelqu'un veut bien me croire, les deux corps s'étireront bientôt. Chacun entendra le souffle de l'autre.

Ils ouvriront les yeux.

Elle se tourne vers lui de tout son corps. Il la regarde. Ils attendent encore un peu. Combien de temps ont-ils dormi ?

Le prince a maintenant l'âge de devenir roi. L'instant suivant, la fille vieillira enfin, lentement, dans le temps long des féeries.

Ils rebâtiront un palais de roseau sur le lac, avec des cloisons tressées en saule, de la neige tout autour en hiver pour que les troupeaux de rennes puissent traverser.

À leurs enfants qui reviendront en barque, le soir, après avoir construit des barrages dans les iris du ruisseau, ils raconteront des histoires, celles de royaumes semblables au leur, l'histoire du chat et de ses bottes, d'une fille fuyant sous une peau d'âne, d'un roi devenu fou. Mais les préférées viendront d'un royaume lointain peuplé de marchands de guimauves, de guerres, d'écrevisses sous les pontons de bois.

En regardant le vieux Joshua Perle à côté de ce frère mort presque inconnu, je fis ce rêve-là. Je savais qu'il faudrait du temps pour qu'il se réalise. Comment raconter leur histoire ? Comment la faire croire ?

Peut-être qu'Oliã allait rester encore longtemps dans sa petite maison de Venise. Et Iliån dans son palais gagné par les eaux. Il monterait les valises dans le grenier pour les sauver.

Aurais-je le temps et les mots pour les rendre tous les deux à leur royaume ?

Cela dépendait maintenant de moi.

Je suis reparti et je me suis mis au travail. De mon premier texte détruit, je n'ai gardé que le titre : *Le Livre de Perle*.

Le reste est ici.

Parfois, en écrivant, je voyais les lignes comme un chemin qui serpentait de page en page et reconduirait Iliån et Oliå chez eux. Plus j'avançais, plus leur petite lanterne s'éloignait dans l'encre couleur de nuit. Je me rappelais qu'au dernier mot ils ne seraient peut-être plus là.

Alors, je m'arrêtais un moment, juste avant de finir.

Je ne savais plus si je devais sourire ou pleurer de les imaginer pour toujours ensemble et loin de moi.

Chaque fois que quelqu'un dit : « Je ne crois pas aux contes de fées »,
il y a une petite fée quelque part qui tombe raide morte.

J. M.Barrie, *Peter Pan*

Table

TROISIÈME PARTIE :
Fragments perdus des féeries

L'auteur

Timothée de Fombelle est né en 1973. D'abord professeur de lettres en France et au Vietnam, il se tourne tôt vers la dramaturgie. En 2006 paraît son premier roman pour la jeunesse, *Tobie Lolness*. Couronné de prix prestigieux (prix Saint-Exupéry, prix Tam-Tam, prix Sorcières…), en France comme à l'étranger, ce récit illustré par François Place connaît un succès international. Entre *Céleste, ma planète* et *Victoria rêve*, vibrants plaidoyers pour l'écologie ou la force de l'imaginaire, Timothée écrit *Vango*, époustouflant roman d'aventures en deux tomes qui séduit les lecteurs comme la critique. Traduit dans le monde entier, reconnu comme l'un des auteurs pour la jeunesse les plus talentueux de sa génération, Timothée de Fombelle continue également à écrire pour le théâtre.

Du même auteur, chez Gallimard Jeunesse :

Le papier de cet ouvrage est composé de fibres naturelles,
renouvelables, recyclables et fabriquées à partir de bois
provenant de forêts gérées durablement.

Mise en pages : Maryline Gatepaille

Loi n° 49-956 du 16 juillet 1949
sur les publications destinées à la jeunesse
ISBN : 978-2-07-066293-7
N° d'édition : 271400
Dépôt légal : novembre 2014

Imprimé en Italie par Grafica Veneta